CHIISANA MADOUGUSHI
SEIKATSU
JN078069
鈴木竜一
Illust. riritto
小さな魔道具師の
異世界
ものづくり生活
唯一無二の
チートジョブで、
もふもふ神獣と
規格外アイテム
発明します

C T E R S
ふむ。つけ心地は悪くないな
アル
魔毒に苦しめられているところを
バーニーに助けられ、さらに
バーニーが作ったスカーフのおかげで
人間と話せるようになった神獣。
アイテムづくり、めちゃくちゃ楽しそうだ！
バーニー
転生したら、異世界で唯一のジョブ
【魔道具技師】を授かっていた。
赤ちゃんのころから自由気ままに
規格外アイテムを生産している。

CHARA

家族のために
働くのが
夢なんだ

クリフ

バーニーの兄。高い戦闘力を誇り、
冒険者パーティーで活躍している。
無口だが常に家族のことを
気にかけている優しい性格。

魔法使いが
いるとなにかと
便利ですよ?

ルシル

バーニーの姉で、【大魔導士】という
かなり優れたジョブを持っている。
王立学園に入学し、日々真剣に
学んでいる。

君たちがいて
くれるなら
心強いよ

マシアス

ラトルバ王国の第二王子。
兄と協力して国を盛り上げようと
しており国民からの評判も良いが、
何者かに命を狙われているようで…。

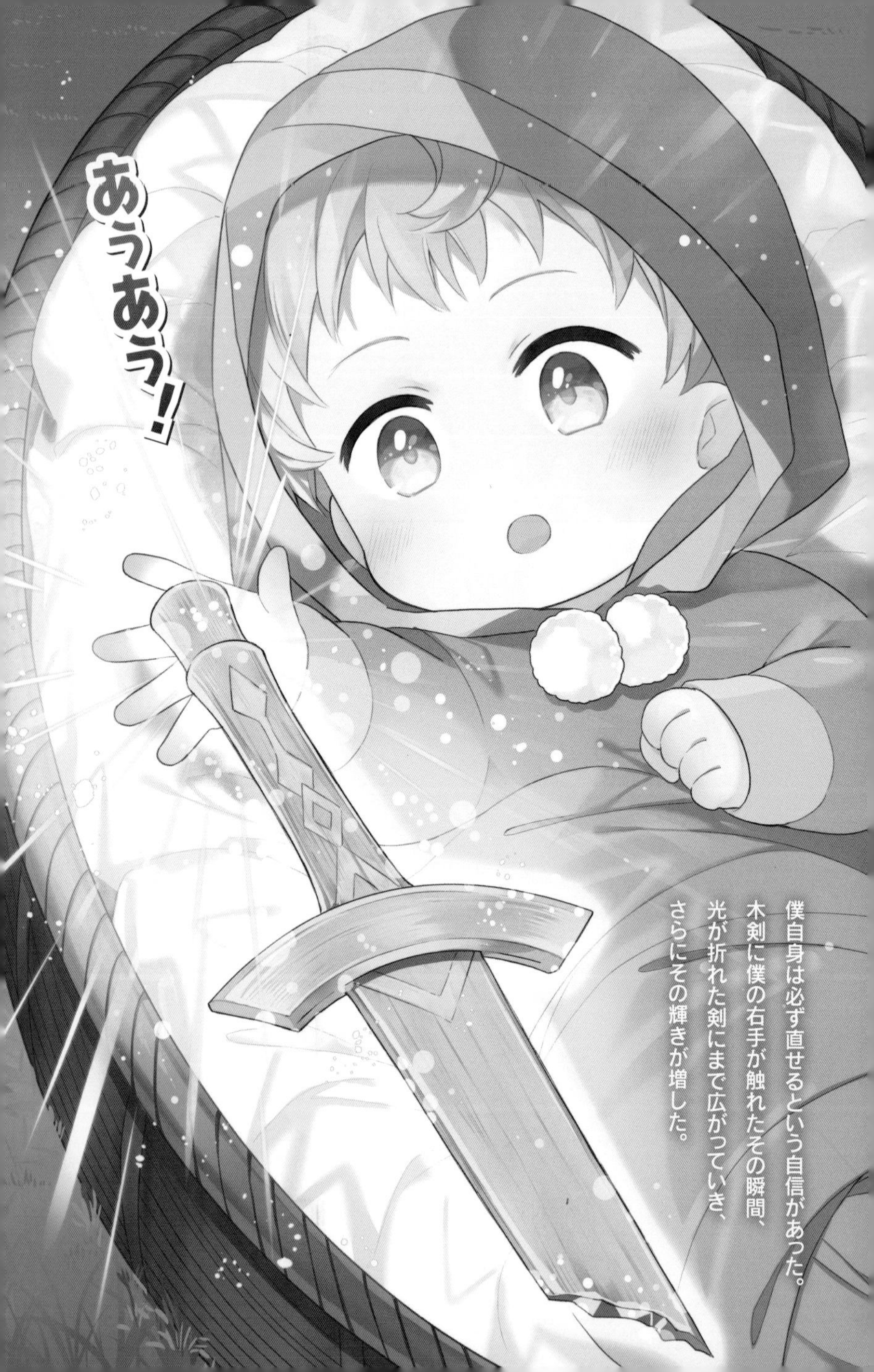
あぅあぅ！
僕自身は必ず直せるという自信があった。
木剣に僕の右手が触れたその瞬間、
光が折れた剣にまで広がっていき、
さらにその輝きが増した。

CHIISANA MADOUGUSHI NO

小さな魔道具師の異世界ものづくり生活

唯一無二のチートジョブで、もふもふ神獣と規格外アイテム発明します

鈴木竜一

Illust.
riritto

ISEKAI MONODUKURI SEIKATSU

目次

第一章　新しい人生

気がつくと小さなベッドで寝ていた。

ぼやけた視界からでも分かる。明らかに僕の身長では収まりきらないサイズ――のはずなのに、なぜか窮屈さを一切感じない。

原因を探して辺りを見回すと、視界に入ったのはどう見ても小さな手。極めつきは「どうなっているんだ！」と声をあげようとしたら「あばぶっ！」としっかり発音ができないことだ。

困惑していると、突如視界に男性の顔が入ってきた。

「ばあっ⁉」

ビックリして声をあげると、男性の方も目を見開いてササッと身を退いた。

だ、誰なんだ？　外国人みたいだったけど。

「ダメよ、スコット。そんなに覗き込んではバーニーが怖がっちゃうわ」

「す、すまない、ドロシー」

スコットと呼ばれた銀髪のダンディな男性と、金髪で青い瞳が特徴的なドロシーと呼ばれた女性。

……どういうわけだ？

まるでRPGに出てくる村人のような服をまとうふたりとは初めて会うはずなのに、なぜか僕との関係性がハッキリと分かる。

このふたりは僕の両親だ。

——待てよ。だとしたら、僕が置かれている状況って……まさか。でも、そうとしか説明がつかない気もする。

浮かんでは沈む、あり得ない可能性。

だけど、今のこの状況を的確に表現するとしたらそれしか思い浮かばない。

僕は前世とはまるで違う世界へ転生したらしい。

思い浮かぶ前世の最後の記憶は……ブラックな環境で働きすぎて心身ともにボロボロになり、ふらつくように町をさまよっているうちに駅の階段から落下して意識を失うというものだった。

まるで実感が湧かないけど、どうやらあの時に僕は死んだらしい。

享年二十八。自分で言うのもなんだけど、あまりにも短すぎる生涯だ。

困惑していると、突然体を浮遊感が襲う。

「怖がらなくて大丈夫よ、バーニー」

母さんがそう言いながら優しく抱っこをしてくれた。

さっきも聞いたけど、この「バーニー」というのがこちらの世界での僕の名前らしい。

普通、違う名前で呼ばれたら違和感を覚えるのだろうけど、なぜだかとてもしっくりきていて、むしろ最初からこの名前だったのではないかとさえ思えてくる。

しばらくそうしていると、急に部屋のドアが開いた。

入ってきたのは短い茶髪に黒色の瞳を持つ十歳前後の男の子と、長い銀髪で黄金色の瞳を持つ五、六歳の女の子。どちらも凄く慌てており、額には大粒の汗が光っていた。

「ママ！　これを見てください！　屋台でバーニーの髪と同じ金色の花を売っていたんですよ！」

「ふたりでお小遣いを出し合って買ったんだ。バーニーにプレゼントしようって」

「私が提案したんですよ！」

「あらあら、可愛らしい花ね。きっとバーニーも喜ぶわ。ありがとう、クリフ、ルシル」

「ははは、ふたりとももう立派なお兄さんにお姉さんだな」

「本当ですか⁉」

「俺はだいぶ前からルシルの兄だけどね」

「こういう時は素直に喜ぶものですよ、クリフ兄さん！」

なんて微笑ましいやりとり。この場にいる四人全員が輝いて見えるよ。

……これが、家族っていうものなのかな。

もともと、僕――この場合は「前世の」って付け加えた方がいいのかな。とにかく、僕は幼少期から天涯孤独の身だった。

生まれて間もなく両親が揃って事故で他界し、高校を卒業するまでの間は施設に預けられていた。卒業後すぐに働き始め、もう十年以上……両親の顔も声も、もちろん記憶にない。

だから、親子の情愛に疎い自覚はあった。一般家庭の親子がどんな風に暮らしているのか、まったく想像できなかったのだ。

「待っていてくださいね、バーニー。すぐにお花を生けてきますから」

「俺も行くよ」

騒々しくもふたりの温かい気持ちが伝わってくる笑顔。

それが真っ直ぐこちらへと向けられる。

人が減り、部屋が静かになったと同時に眠気が襲ってきた。まだいろいろとこの世界について知りたいのだが、これは無理そうだ。

あくびをすると、母さんが「ふふふ」と小さく笑う。

「疲れちゃったのかしら？　ゆっくりお休みなさい」

僕をベッドへ戻し、優しく頭を撫でながらそう呟く。

まあ、焦っても仕方がない。

今すぐなにかトラブルが起こるってわけでもないだろうから、地道にやっていくとしよう。

目を覚ますと、すっかり日が暮れていた。

あれだけ昼寝をしたせいか、目が冴えている。そういえば、同じ部署で働いていた同僚が『深夜まで赤ちゃんが寝なくて大変』とこぼしていたけど、理由が分かった気がするよ。

ともかく、部屋には誰もいなかった。

遠くから話し声が聞こえてくるから、きっと夕食の最中なのだろう。

辺りを見回してみるが、窓から差し込む月明かりと、ベッドのすぐ近くにあるテーブルの上に置かれたランプの淡い光のみで薄暗く、なにも確認できない。

ランプの光？

これって、なんの光なんだろう。とても電気があるとは思えないのだが。

じっくりと観察してみると、どうも光を放つ石がくっつけられているみたいだ。発光する石がある世界か。もしかしたら魔法とかもあったりして？

このあたりの情報を家族との会話から聞き取れたらいいんだけどなぁ。まだ赤ん坊だからしゃべれなくてこちらから質問できないし。

もどかしさを感じていると、部屋のドアが開いて誰かが入ってくる。部屋が薄暗いのでよく見えなかったが、ベッドに近づいて月明かりに照らされると、母さんであるのが分かった。どうやら、寝ていた僕の様子を見にきたらしい。

「あっ、起きていたのね。食器を片付けたらまた来るからいい子にしていてね」

そう言うと、母さんは僕の額にキスをして部屋を出ていく――と思ったら、ドアの手前でこちらを振り返った。

「そうそう。明日は教会で大事な儀式があるから、今日はたっぷり寝なさい」

最後にそれだけ言って去っていったが、儀式ってなんだ？

な、なんだか猛烈に嫌な予感がする。

変な儀式じゃないといいけどなぁ。

◇◇◇

翌朝。

家族みんなで朝食をいただく。

といっても、僕はまだ歯も生え揃っていない状態なので哺乳瓶でミルクを与えられるだけ。

前世の感覚だとこれではとても一日もたないと危惧したが、不思議なものでとても満足のいく食事となった。これが赤ちゃんスペックか。

変に感心していると、父さんが無言のまま僕を抱っこして家の裏手へと回った。

昨日から現在に至るまでの間に大体の性格を把握したのだが、父さんは無口で無愛想なタイプだ。しかし、母さんや子どもたちへの愛情は本物。

実直だけど、いろいろと不器用で誤解されやすいだけなんだよなぁ。

そんな父さんがどんな仕事をしているのか、この時までは知らなかったが、案内された場所を見て謎が解けた。

「ここが俺の工房だ」

レンガ造りの小さな建物。そこが父さんの職場——工房だ。

……凄い。

ファンタジー作品に出てくるようなたたずまいの工房を前に感動していると、不意に父さんが僕の首になにかをかけた。どうやら、これはネックレスのようだ。

「こいつは魔鉱石を加工して作った御守りだ」

優しく語りかけてくれる父さんが作った御守り。

僕はそれを小さな手で何度も握ってみる。

「気に入ってくれたか？」

「うあ！　あい！」

まだ言葉を発せられない僕は、なんとか声を絞り出し、仕草で父さんに感謝の気持ちを伝えたのだが、受け取ってもらえたようでよかったよ。

「本当は中も見せてやりたいが、さすがに危ない物が多くてな。おまえがもう少し大きくなったら、クリフやルシルと一緒に武器やアイテムを作っているとこを見せるよ」

相変わらず表情に変化は見られないものの、その声色はどこか嬉しそうに聞こえた。

工房でのアイテムづくり、か。めちゃくちゃ楽しそうだ！

前世で施設育ちだった僕は、同級生の子たちがやっているようなゲームや読んでいるマンガを手にする機会がなかった。代わりに、不要となった木材や紙を使って同じ施設にいる小さな子たちにいろいろと作ってあげていたな。

社会人になって働くようになってからはそういった機会はめっきり減ったけど……こんな立派な工房を見せられてしまっては、物作り好きの魂に火がついてしまう。

とはいえ、今の僕はなにもできない赤ちゃん。

父さんの言うように、もう少し大きくならないと難しいかな。

しばらく工房を眺めていると、クリフ兄さんが「馬車が来たよ」と呼びに来てくれた。

すっかり忘れていたけど、今日は僕が儀式と呼ばれるものを受ける日だった。

朝食の席での会話から推察するに、このラトルバ王国と呼ばれる国に生まれた者は、生後三ヵ月を過ぎたらその儀式とやらを受けなければならないらしい。

現段階でハッキリしているのはそこまで。

実際どんな儀式で、なにを意味するのか……肝心な内容はなにもかも不透明のままだった。

ちょっと怖さは残るものの、クリフ兄さんやルシル姉さんも経験済みという話なので、安心していいのかもしれないな。

馬車での移動中、僕は窓から見える景色に釘付けとなっていた。

視線の先に広がるのは、まるでゲームの世界の景色。

立ち並ぶ切妻屋根の木造建築。

町の真ん中を流れているのは運河らしく、物資を運ぶ大小さまざまな船が何隻も見える。

父さんたちの話によると、僕たちの住んでいるこの町はラトルバ王国の王都——つまり、国内で最も栄えた都市であると分かった。

王都は中央に国王の居城があり、それ以外の場所は東西南北の四つに分けられ、個別に役割を持っている。

僕たちが住んでいるのは北区で、そこは一般に居住区と呼ばれていた。

南区は商業区とされ、中央通りは多くの人で常に大賑わい。さっき見た運河の最終目的地もここだという。

東区は学園区と呼ばれ、七歳になると希望者は試験を受け、突破した才能ある若者たちが王立学園への入学を許される。年齢によって初等部、中等部、高等部に分けられ、十六歳までの間に魔法や剣術、果ては政治学と、多岐にわたる分野で日々研鑽《けんさん》を積んでいるとのこと。

というか、やっぱり魔法のある世界だったか。これは今後が非常に楽しみだ。

どうせなら、ひとつくらい魔法を覚えてみたいものだ。

最後のひとつである西区は行政区とされており、一般人の立ち入りには許可がいる。役人だけでなく、騎士団や魔法兵団もこちらの所属になるらしい。

ちなみに、僕たちが目指しているのはその西区だ。

教会自体は居住区にもあるらしいのだが、儀式を行うための教会は行政区内にあるものでないとダメらしい。今僕たちが乗っている馬車も教会が手配してくれたものらしいが、随分と丁重な扱いだ。それほど、これから行う儀式は家族だけでなく、国家にとっても重要な位置づけになっているのだろう。

しばらく進むと、運河にかけられた大きな橋へと差しかかる。

どうやら、ここを渡った向こう岸からが行政区になるみたいだな。

橋を通過すると、すぐに御者のもとへ武装した兵士たちが駆け寄ってくる。

物々しい空気だが、御者の方は慣れた手つきで許可証のような書類を一枚兵士へと手渡してから「こちらの指示にもあるように、カールトン一家をお連れしました」と告げた。

兵士は数人でじっくりと書類を見回し始める。

約三分後。

「正式に発行されたもののようだな。よし、通っていいぞ」

ようやく許可が下りた。

さすがに政治が絡むところだけあって、警戒が厳重だな。

西区に入ると、目的の教会へはすぐに到着。

すると、いかにもシスターって感じの服を身にまとった若い女性がやってきた。

「お久しぶりです、スコットさん、ドロシーさん。クリフくんとルシルちゃんも大きくなったわね」

「ども」

「ありがとうございます、シスター」

クリフ兄さんが少し照れくさそうに返事をして、ルシル姉さんは礼儀正しく深々と頭を下げた。

「本日はよろしくお願いします、シスター・ジゼル」

「こちらこそ。そういえば、ドロシーさんはお身体の方は……」

「大丈夫ですよ。ご心配なさらず」

シスターは急に心配そうな眼差しで母さんを見つめる。

馬車の中で父さんが言っていたけど、母さんはずっと病を患っていたらしい。

僕を身籠ったことで体調面がさらに不安定となるのではないかと心配していたが、出産後は母子ともに健康でひと安心したそうだ。最近はさらに調子がよくなりつつあるみたい。

「すでに鑑定の儀の準備は整っていますので、すぐに始められますよ。赤ちゃんの様子はどうですか?」

「とても落ち着いていています。今なら問題ないかと」

母さんが抱き上げている僕の顔を見ながら、シスター・ジゼルへ告げた。

するとシスターは興味深げにこちらを覗き込む。

「バーニーくん、髪や瞳の色はお母さん譲りですねぇ。これは直感なんですが、彼は大物になるような気がします」

「ふふふ、そうなってくれると嬉しいです」

世間話を終えて、いよいよ教会の中へ。美しく輝くステンドグラスを眺めながら、僕たち一家は神父様の待つ部屋へと入る。

「やあ、よく来てくれました」

「どうも、神父様。今回もよろしくお願いします」

白髪の神父様は父さんと握手を交わすと、母さんに抱かれている僕へ手を伸ばす。母さんも、その動きに合わせるように僕を神父へと渡す。

「いい顔をしていますね」

こちらを見つめてニコッと微笑んだ神父様は、その後すぐに儀式について説明を始めた。

といっても、すでにクリフ兄さんとルシル姉さんが経験しているため、儀式自体は今回が三回目。だから父さんも母さんも大体の段取りは理解しているので、あくまでも再確認って意味らしい。

そこで、儀式の全容が判明した。

まず、この世界にはジョブと呼ばれるものが存在している。ジョブとはどんな仕事に向いているのかの指標であり、大半の人はジョブの持つ能力を有効活用できる職業に就いている。人によってはジョブの加護を受けて使用できる特殊な能力が備わっているケースもあり、うまく活用することでより物事が円滑に進みやすくなるのだ。

神父様によると、クリフ兄さんは【剣士】、ルシル姉さんは【大魔導士】のジョブを持っているという。

中でも、ルシル姉さんの【大魔導士】は一般的な【魔法使い】の上位互換で非常に珍しいらしく、世界的に著名な魔法使いのほとんどはこのジョブだという。

そんなわけで、ルシル姉さんは王都の東区にある王立学園への入学が内定しているらしい。

本来は難しい試験を突破しなければならないのだが、優れたジョブを持つ者は試験をパスでき、おまけに学費も免除されるという。

つまり、どのようなジョブを持つのか判断するこの鑑定の儀は、将来を大きく左右する重要な一大イベントと言えた。

ジョブかぁ。正直、この世界にどんな仕事があるのか把握していないため、これといって希望は特にないんだよな。あえて言うなら、実家にあれほど立派な工房があるので物作りにちなんだものがいいな。

「では、早速始めていきますね」

神父様は僕を抱っこしたまま移動。

その先には装飾が施された机があり、その上には大きな水晶玉が置かれている。

「さあ、この水晶玉を触ってごらん」

優しい口調で言うと、神父様は僕の手を取り、水晶玉へと近づけた。淡い光に包まれている水晶は、見つめ続けていると吸い込まれそうな感覚になる。

ジッと眺めているうちに、指先が水晶へと触れる。

次の瞬間――視界が真っ白になった。

頭の中にいろいろな情報が入り込んでくるというのが一番合う表現だろうか。

きっと、僕のジョブに関連するものであり、今後の人生に欠かせない知識となるはずだ。

いったいどれだけそうしていたのか。

気がつくと、いつの間にか僕の手は水晶から離れていた。よく見ると、さっきまで無色透明だった水晶は少し黄色がかっていた。

「ほぉ……この色は……なるほどぉ……」

変化を目の当たりにした神父様は顎に手を添えてうんうんと頷き、僕を抱いたまま家族のもとへと戻っていく。

「どうでしたか？」

緊張した顔つきで真っ先に声をかけたのは父さんだった。

――父さんだけじゃない。

母さんもクリフ兄さんもルシル姉さんも、みんな緊張の面持ちで神父様からの言葉を待っていた。家族全員が顔を強張らせる中、神父様は少し間を空けてから結果を発表する。

「ご子息のジョブですが……【魔道具技師】のようですね」

「ま、【魔道具技師】!?」

驚きの声をあげる父さん。

どういう意味なんだ？

いいジョブなのか悪いジョブなのか……僕には判断がつかない。

「とても珍しいですよ。私も長年この儀式を担当していますが、未だに出会ったことがありません」

「な、名前からして、魔道具専門の職人なのでしょうか？」

「えぇ、そう認識していただいて問題ありません」

神父様の言葉を聞いた母さんは満面の笑みを浮かべた。

「よかったわね、あなた」

「あ、あぁ……」

父さんと母さんは思わず抱き合う。

魔道具の職人か。そんなに凄いジョブなのか？

いまひとつピンときていない僕だったけど、両親が喜んでいる理由を神父様が教えてくれた。

「よかったですね。分野としては【鍛冶職人】のジョブであるあなたと同じですから、工房の後継ぎとして申し分ないですよ」

「は、はい。でも、最終的に仕事を決めるのはバーニーです。私は父親として、この子が目指す道を尊重し、応援したいと考えています」

「素晴らしいですな。まさに父親の鑑ですよ」

「そ、そんな」

ベタ褒めされて照れる父さん。

しかし……そうだったのか。言われてみれば、クリフ兄さんの【剣士】や、ルシル姉さんの【大魔導士】は、あの工房で物作りをするには向かないジョブだ。

ただ、ジョブが物作りに向かないからといってやってはいけないというわけではない。そもそも父さんも最初からあの工房で物作りをしていたのではなく、昔は冒険者としてダンジョン攻略をしていたと語っていた。

でも、ここまでの家族の反応を見ると、兄さんも姉さんも工房を継がずに別の夢を持っているみたいだな。

ともかく、こうして僕のジョブは正式に【魔道具技師】と決定し、鑑定の儀は幕を閉じた。

帰り際、結果を耳にしたシスター・ジゼルからも祝福を受けた。

【魔道具技師】、か。どんなアイテムを作れるんだろう。父さんの【鍛冶職人】とは具体的にどんな部分で違いがあるのか。物作り好きとしては、非常にワクワクさせられるよ。

ジョブに関してもっと詳細をいろいろと聞き出したいんだけど、赤ちゃんだから話せないし、うまく意思表示もできない。なんとかしようと試みたのだが、周りにはぐずっているようにしか見えないようだ。

「あら、疲れちゃったかしら？」

「無理もない。王都に来たのは今日が初めてだからな。慣れない環境でストレスがあったのかもしれない」

「だ、大丈夫なんですか⁉」

「安心しろ、ルシル。バーニーはそんなヤワじゃない」

ダメだ。まったく伝わっていない。

こうなってくると、早く話せるようになりたいのだけど、赤ちゃんっていつから話せるようになるんだ？

嘆きつつも、これからの生活がさらに楽しくなってきそうだという嬉しさの方が勝り、最終的には笑顔で終えたのだった。

◇◇◇

鑑定の儀から一ヵ月が経った。

僕は変わらず穏やかで平和な日々を過ごしている。前世の日々を思い出すたび、今こうしてのんびりしていると、あの頃の忙《せわ》しなさはいったいなんだったのだろうなってため息が出るよ。

ちなみに、今は父さんの作った外用の小さな篭型ベッドに寝かされており、洗濯物を干している母さんを眺めている。

普段の生活で使用する家と工房の間にはほんのちょっとスペースがあり、うちではこの空間を中庭と呼んでいる。母さんが洗濯物を干したり、ルシル姉さんが花壇の手入れをしたり、みんなが好きに空間を利用していた。

そんな中、クリフ兄さんはちょっと違う使い方をしている。

「はっ！　やっ！」

母さんから少し離れた位置では、そのクリフ兄さんが剣の素振りをしていた。

剣といっても、兄さんは本物の剣を持つには幼すぎる。僕にとっては兄さんだけど、年齢はまだ八歳。世間的には子ども扱いされるから仕方がない。

というわけで、兄さんが使っているのは木で作られた模造剣。

非常によくできているそれは、父さんの手作りだ。鍛錬用の物とはいえ、職人魂がそうさせたのか、細部にわたって装飾が施されたこだわりの逸品。よほど気に入ったらしく、兄さんは毎晩この剣を抱いて寝ている。

決めた回数分に達すると、素振りをやめてより実践的な鍛錬へと移行――とはいっても、この中庭でやれる内容は限られている。

恐らく、父さんがどこからか持ってきて埋めたと思われる大きな岩に向かって、さまざまな角度から攻撃を加えるクリフ兄さん。なんでも、この巨岩を割ることができたら父さんがかつて所属していた冒険者パーティーを紹介してやると言われているらしい。

冒険者となって世界中のダンジョンを探索するというのが、クリフ兄さんの夢だった。

鍛冶屋ではなく、冒険者時代の父さんに憧れて、いつか自分もダンジョンへ探索に出たいと夢見ているのだ。

「ふぅ……」

一時間ほど動きっぱなしだった兄さんは乱れた呼吸を整えるように息を吐き出すと、僕のすぐ横に腰かける。

「おまえの目から見て俺の剣はどうだ？」

どこか不安そうに尋ねてくるクリフ兄さん。

本人的には理想通りの動きができていないことへの不満があるようだ。

剣術の善し悪しについて技術的なアドバイスはできないけど、素人目から見てもあの動きは凄いと思う。とても八歳の子どもとは思えないし、スタミナもある。このまま鍛錬を積んでいけば、きっと立派な剣士になる――というのが僕の率直な見解なのだが、これを伝える手段を一切持ち合わせていないのが残念でならない。

「——って、バーニーに聞いても仕方がないか」

結局、クリフ兄さんはそう自己完結して鍛錬を再開。

もどかしい気持ちを抱えつつ、再び剣を握る兄さんを見守っていた時だった。

バキッ！

「あぁっ！」

なにかが折れる音とともに、兄さんの悲痛な叫び声が響き渡る。異常を察知した母さんが洗濯物を放り投げて「どうしたの⁉」とクリフ兄さんに駆け寄った。

「け、剣が……大切な剣が……」

あの音で大体の事態は察していたが、兄さんの愛用していた木製の剣がへし折れてしまったのだ。

ただ、これはもう寿命によるものであるとしか言いようがない。あれだけ長い期間をほとんど休まずに使い込んでいたら、折れるのは必然の流れだ。むしろよくもった方だし、父さんも責めたりはしない。それは断言できる。

でも、クリフ兄さん自身はそう思っていないようだ。

「うぅ……」

剣を折ってしまった不甲斐なさから、大粒の涙を流して悔しがるクリフ兄さん。あのクールな兄さんが、ここまで感情をあらわにするのは初めて見たよ。

しかし、家族としては放っておけない状況だ。いつもは見せない兄さんの姿に母さんも動揺し、折れた剣を直してもらおうと工房にいる父さんに事態を知らせに走る。

――あれ？

でも、父さんは朝から商業区へ完成した新作の武器を卸しに行っている。どの店に行くのかも教えていなかったみたいだし、捜すのは時間がかかるだろう。

残された僕は、なんとか兄さんを元気づけようと必死に声を出した。

「あう！　あぁ！　あぁい！」

だが、赤ん坊の声ではなにも伝えられない。

歯がゆく思っていると、自分の体に起きている異変に気がつく。

異変とは――右手がほんのりと光っているのだ。

なんだ、これ。どうなっているんだ？

慌てふためいていると、突然、頭の中にさまざまな情報が入り込んでくる。

これは鑑定の儀の際に覚えた感覚と同じだ。今回の場合は「どうやったら目の前の剣を直せるのか」という具体的な方法が頭の中に入ってくる。僕のジョブと言えば【魔道具技師】だけど……そうか。このジョブにはこんな能力もあるのか。

これなら、クリフ兄さんの悲しみを和らげられるかもしれない。

問題はどうやって兄さんに知らせるか、だ。

「だう！　あぅう！　あえあぁ！」

とりあえず、もっと大きな声を出してみる。まずは失意のどん底に落ちているクリフ兄さんに僕の存在を認識してもらわなくてはいけないと思ったからだ。

乳児の声量では無理かもしれないが——と、あきらめかけたその時だった。

「うん？　バーニー？」

項垂《うなだ》れていたクリフ兄さんの顔がゆっくりと上がり、僕のいる篭型ベッドを覗き込んだ。

絶好のチャンス！

咄嗟《とっさ》に、僕は小さな両手を前に出す。

「どうした？　お腹が空いたのか？」

しかし、クリフ兄さんにはこちらの意図が伝わらない。

せっかく存在に気づいてもらえたというのに、これじゃ意味がないぞ。

ふと視線を動かすと、兄さんが折れた木剣の柄を握っているのが見えた。最後の望みとばかりに、僕は柄に手を伸ばす。

「剣が欲しいのか？　悪いが、これはおもちゃじゃないんだ」

「あうあう！」

手を上げ、剣を僕から遠ざけるクリフ兄さん。

ここであきらめてなるものか――伝わらないだろうけど、「そうじゃないんだ！」と必死に声を出しながら手を伸ばし続ける。

「折れているし、危ないんだ」

困り顔になりつつも、クリフ兄さんは安全性を考慮して剣を近づけないようにする。

そんな攻防がしばらく続くと、さすがに根負けしたらしく、兄さんは折れた部分を掴んで僕が怪我をしないように配慮しながら剣を渡してくれた。

「む？　バーニーの手が光っている？　なにがあったんだ？」

木剣を渡す際、兄さんは僕の右手に起きている異変を目にして首を傾げる。

最初は心配していたクリフ兄さんだったが、鑑定の儀の結果を思い出したらしく、すぐにこれがジョブの能力によって発動したものではないかと予測できたみたいだ。

「ひょっとして……俺の剣を直そうとしてくれているのか？」

ここへきてようやく意図が伝わった。

クリフ兄さんは半信半疑のようだが、僕自身は必ず直せるという自信があった。なにをどうしたら元通りになるのか――そういう具体的な経緯についてはうまく説明できないけど、折れた剣を手に取ればどうにかなると思っていた。

木剣に僕の右手が触れたその瞬間、光が折れた剣にまで広がっていき、さらにその輝きが増した。

「こ、これは⁉」

まばゆい光に包まれる木剣を目の当たりにして、クリフ兄さんは思わず手を放し、その場で尻もちをついた。

一方、僕は手にした——というより、力がないので篭型ベッドの中へと落ちた剣に手を触れたまま、目を閉じる。

この光は……僕の魔力そのものだ。ジョブの持つ能力は、魔法と同じで使い手の魔力が原動力というわけか。これさえ理解できれば、次から自由に使用できそうだ。

もっとも、木剣を修復している際に感じたのだが、これはかなりの労力を要する。単に僕がまだ作業に慣れていないというのもあるのかもしれないが、根気がいるのは間違いない。これも経験を積めばもっとやりやすくなるのかな。

そうこうしているうちに、折れた剣は見事元通りにくっついた。

むしろ、折れる前よりも強度が増している。

接着した部分を魔力で覆った効果だ。

「あいあーい！」

修復を終えた木剣を返すため、僕は未だに尻もちをついた状態から復帰できていないクリフ兄さんへと声をかける。僕の右手が強い光を放って以降、放心状態だった兄さんはこちらの声かけに反応して我に返ったようだ。

「だ、大丈夫か⁉　怪我とかしていないか⁉」

慌てて駆け寄った兄さんは僕をひょいっと持ち上げて全身をくまなくチェック。どこにも怪我をしていないと確認した途端、再び地面へとへたり込む。

「心配したぞ――って、あれ？」

腰を上げ、僕を篭型ベッドへと戻してから視線を落としたクリフ兄さんは、やっと愛用の木剣に起きた奇跡を知ったようだ。

「俺の剣が⁉」

元通りになっているのが信じられないらしく、兄さんはさまざまな角度から剣をチェックしていく。

数十秒後。

木剣が直っていると確信したクリフ兄さんの視線はゆっくりこちらへと向けられた。

「お、おまえがやってくれたのか、バーニー？」

「あい！」

僕がやりました、とは言葉にできないので渾身の笑顔で返事をする。伝わるかどうか心配だったけど、杞憂に終わった。

「ははは……さすがだな。おまえが俺の弟で誇らしいよ」

どうやら、兄さんにはしっかりと伝わったようだ。

ふたりで笑い合っていると、ちょうどそこへ母さんが父さんを連れて戻ってくる。その横には遊びに出ていたルシル姉さんの姿もあった。恐らく、途中で偶然会って合流したのだろうな。

「クリフ？　その剣は？」

肩で息をしながら、父さんは問いかける。きっと、母さんから木剣が折れてクリフ兄さんが悲しんでいると聞き、飛んで帰ってきたのだろう。

そんな息子想いの父へ、クリフ兄さんはこの場で起きた出来事をすべて話した。

「バーニーが元通りに直してくれたよ」

「なんだって？　バーニーが？」

父さんが信じられないといった表情でクリフ兄さんから木剣を受け取り、チェックしていく。今度はプロの目から見ての判定であったが――。

「こいつは驚いたな……本当に元通りになっている。むしろ以前より強度が増しているようだぞ」

【鍛冶職人】のジョブを持つ父さんには、武器やアイテムの性能を見抜く鑑定眼と呼ばれる能力がある。きっと、より詳しく木剣を調べたのだろう。

「直す前より強い武器にしちゃうなんて凄いです！　これもバーニーが持つ【魔道具技師】の能力の効果なのですね！」

誰よりも興奮していたのがルシル姉さんだった。

感動したのか、籠型ベッドから僕を抱き上げて何度も頬ずりをする。ぷにぷにした感触は気持ちがいいのだけれど、興奮のあまり強い力で体を締めつけられないか心配になってしまう。

「ルシル、あんまり大声で話すとバーニーが怖がってしまうわよ?」

「あっ！　ご、ごめんなさい……」

母さんに注意されたルシル姉さんは肩を落としながら僕を元の場所へと戻す。姉さんには申し訳ないけど……母さん、グッジョブ。

「父さん、バーニーはきっと凄い【魔道具技師】になるよ」

「そうだな。その素質は十分にありそうだ」

クリフ兄さんと父さんの熱のこもった視線が、僕の小さな体に注がれる。

ともかく、【魔道具技師】としてのデビューは上々のものになったようでなによりだよ。


その日の夜。

夕食はいつもよりちょっぴり豪勢になった。

母さん曰く、まだ赤ちゃんである僕がジョブの持つ能力を発揮できたお祝いらしい。

さすがに貴族の晩餐会で出るようなフルコースとまではいかないものの、お世辞にも裕福とは呼べない我が家の水準で見ると一年に一回、出るかどうかの豪華さであった。

残念なのは……肝心の僕がひと口も食べられないって点だけか。

興味あるんだけどなぁ、異世界の食事。

まあ、みんなが喜んでくれただけで僕も嬉しいからいいけどね。

「今日はバーニーが大活躍だったな」

「私もバーニーがクリフの剣を直す瞬間を見たかったわ」

「ですよねぇ……兄さんだけずるい」

ルシル姉さんが抗議するが、さすがにこればかりはクリフ兄さんの責任ではない。

「ず、ずるいと言われてもなぁ……なら、おまえも愛用している魔法の杖を折ってバーニーに直してもらうか？」

「あれはパパが誕生日プレゼントで作ってくれた大切な物だからダメですよ！」

「じょ、冗談だよ」

今日もまた賑やかな食卓……いいよなぁ、こういうの。

子どもの頃、ずっとこんな家庭に憧れていたのを思い出したよ。

生まれてすぐに両親が亡くなって、それからは施設へと預けられた。そこの人たちは優しかったし、一緒に入っている子たちも似たような境遇だったのですんなり溶け込めた。

高校を卒業して働き始め、ひとり暮らしをするようになったらすっかり疎遠になってしまったけど、みんなには今でも感謝している。

――でも、心の中にはやっぱり本当の家族への憧れが燻《くすぶ》っていた。

まさか、このような形で叶うなんて。人生どうなるか分からないものだな。

ともかく、いつまでもみんながこうして笑顔でいられるよう、僕もこの力を正しく使えるようにならないといけないな。

異世界生活に慣れ始めた僕は、改めてそう心に誓うのだった。

第二章　家族が増えた！

カールトン家に生まれて一年が過ぎた。

この頃になると、単語レベルではあるが意味のある言葉を発せられるようになり、以前よりも家族とのコミュニケーションが取れるようになってきた。

……ただ、【魔道具技師】というジョブの詳細に関してはまだまだ不透明な面が多い。

神父様からの話で非常にレアなジョブであるというのは分かったけど、身近に前例がないため実態を掴みきれないらしい。

僕自身、はじめのうちは【鍛冶職人】の仕事内容と似たようなものなのだろうなという考えだった。ふたつのジョブには具体的にどんな違いがあるのだろうか、ずっと気になっていたんだよね。

そんな疑問も、時が経つにつれて解消されていった。

誰かから詳しい話を聞いたというわけじゃない。

うまく言えないけど、勝手に理解していくのだ。

簡単に言うと、【魔道具技師】というのは【鍛冶職人】とは違って魔力を使用しながら物を作る職人を指す。だから、一般的な【鍛冶職人】よりも創作の幅が広がるのだ。

意外だったのは、ジョブについてくる能力の数。

たとえば、父さんの持つジョブにはアイテムの強度やレア度などを計れる鑑定眼という能力があるのだが、どうも持っているのはそれだけらしい。

能力の複数保有は大変貴重だって話を耳にしたんだけど……実は僕もその複数持ちである可能性があるのだ。

そのうちのひとつが、かつてクリフ兄さんの折れた木剣を直した、いわゆるアイテムを修復する能力である。

本来、【魔道具技師】というのはアイテムを作り出すのがメインであり、壊れた物を直すという力は持ち合わせていないようで、あの時、父さんが驚いていた理由のひとつがそれだったのだ。

恐らく、父さんは勘づいているはず。

【魔道具技師】というジョブを授かっている以上、本来は物を作るために使う能力を持っているのだから、きっと修復以外にもなにか使える能力があるのではないか、と。

これについては早く試してみたいのだが、相変わらず父さんは僕を工房に入れてくれない。

不満を感じる一方で、親として正しい姿だなと感心もする。

工房には父さんが仕事で使う刃物などの危険な道具がたくさん置いてある。そこに、まだしっかりと歩けない小さな一歳の子どもを連れ込んだらどうなってしまうのか……想像に難くない。

なので、物作りに関する能力を発揮するのはもうしばらく我慢しようと思う。

父さんが僕を工房に入れてくれるのは――あの調子だと、最短でも五歳くらいになりそうだな。

◇◇◇

この日のカールトン家は朝から騒々しかった。

なぜなら、今日はみんなで王都の外にある森へピクニックに行く予定となっていたからである。

母さんは早朝からお弁当を作り、クリフ兄さんとルシル姉さんは落ち着きがなく、さっきから何度も忘れ物はないかリュックの中身を五分置きくらいに調べていた。

さて、今回のピクニックだが、実はその裏にはちょっと悲しい事実が隠されている。

というのも、ルシル姉さんの学園入学が一週間後に迫っているのだ。

【大魔導士】のジョブを持つ姉さんは試験を受けることなく王立学園への入学が許され、希望する魔法科へと入る予定となっている。

だから、むしろおめでたい話という捉え方もできるのだが、王立学園は全寮制のため、ルシル姉さんとはしばらく会えなくなってしまう。

ただ、夏と冬に一ヵ月ほどの長期休暇があるらしく、その間だけ実家で過ごすことが許されている。

ルシル姉さんは今年で七歳。

まだまだ親に甘えたい年頃ではあるが、本人はもっとたくさんの魔法を覚えて「みんなを助けられる魔法使いになる」という壮大な夢を叶えるためにも必要な試練であると捉えているようだ。

寂しさは当然あるのだろうが、夢の実現に近づけるという事実が嬉しいようで、毎日魔法の特訓に励んでいる。

入学が迫ってくると、カバンなど学園生活に欠かせない道具を買い揃えていった。

しかし、うちの家計では買い揃えるのが難しかったらしく、父さんは連日遅くまで働いて資金を捻出した。中には「出世払いでいいよ」と言ってくれるお店もあって、随分と助けられたみたいだ。

道具を買い揃える際、一緒に学園の制服も購入した。

試しに家で着てみたが、とても似合っていた。

愛らしい顔立ちをしているルシル姉さんは王都でも評判でうちの看板娘でもある。きっと学園では男子からモテモテになるだろうな。

一方、今年で九歳になるクリフ兄さんは学園入学に向けて受験をするわけでもなく、まったく別の新しい道へ進もうとしていた。

なんと、兄さんは父さんが課したあの難題——庭に設置された巨岩を木の剣で叩き割るという課題を見事にクリアし、約束通り、かつて父さんが所属していた冒険者パーティーへ紹介してもらったのだ。

国の法律により、冒険者として正式にギルドの仕事をこなせるのは十三歳になってからなので見習いの雑用係として仮所属という立場になるが、パーティーの一員になって冒険者がどういう存在なのか肌で感じたいと語っていた。

あの様子だと、実家暮らしとはいえ、兄さんも家を空ける機会が増えそうだな。

家族が成長して、各々が進みたい道を見定めているというのは親として非常に頼もしく感じるのだろう——が、両親は同時に寂しさもあるようだ。

ちなみに僕の場合は、父さんの工房を継いで【魔道具技師】の道を究《きわ》めようとしているので、きっと死ぬまでこの家にいるだろうから安心してもらいたい。

ともかく、五人で揃ってなにかをするという機会が今後めっきり減ってしまうので、今日は思いっ切り遊び倒そうという名目でピクニックに行くのだ。

しばらく家で待っていると、父さんが馬車を借りてきてくれた。

それに乗って王都の外へ出ると、すぐに森の中へと入っていく。

ここは他国との交易路にもなっているため、多くの商人たちが行き交う道。なので、モンスターが出現しないように、周辺は結界魔法で厳重に守られている。王国魔法兵団に所属する魔法使いたちが監視をしていることもあって、ここ十数年にわたり大きなトラブルは起きていないという。

今回ピクニックをする湖周辺も、同じように結界魔法で守られている。

家族連れが行楽に訪れるだけでなく、旅する商人たちにとっても憩いの場となっており、そこでリフレッシュして翌日からの長旅に備えるって人もいるらしい。

馬車で湖のほとりまで来ると、馬を木につないでから家族総出で積み荷を下ろす。ただ、赤ん坊である僕はなにもできないので、その間は父さん手作りの木製ベビーカーで待機していた。

それにしても……ここは本当にいいスポットだなぁ。

最近はちょっとずつ暖かくなってきているけど、立ち並ぶ木々の影響で日陰が多く、おまけに広大な湖が近くにあって全体的に気温が下がっているように感じる。

そういえば、湖で釣りをするって言っていたな。クリフ兄さんとルシル姉さんはとても楽しみにしていて、父さんの作った竿を手に、庭でキャスティングの練習をしていたっけ。

「よし。行くぞ、クリフ、ルシル」

「もうとっくに準備万端だよ」

「さっき跳ねたヤツくらい大物を釣り上げたいです！」

クリフ兄さんもルシル姉さんもめちゃくちゃ張りきっているな。

でも、さっき跳ねた魚って軽く二メートルくらいあったけど……大丈夫かな？　まあ、いざとなれば魔法で湖の水を操れるだろうから、そこまで心配しなくてもいいのかもしれないけど。

釣りに行く三人の後ろを母さんがベビーカーを押しながらついていく。

やがて父さんが友人に教えてもらったという穴場へ到着。

三人はお互いが見える範囲で広がり、ルアーを投げ込んでいった。僕と母さんは近くの日陰で休みながら釣果を見守る。

一時間が経過するも、魚が食いついた当たりさえやってこない。

「ここに魚はいないようだな」

「場所を変える？」

「でも、そのうち当たりがくるかもしれませんよ？」

あまりにも魚が釣れないので三人に焦りの色が見え始めた。

僕も前世では数少ない趣味のひとつとして嗜んでいたから分かるけど、疑心暗鬼になってくるんだよなぁ。

とはいえ、調子がいい時でもそうバシバシ釣れるわけではないので、これくらい釣れない時間が続くというのはよくあることだ。

もう少し成長したら、僕もみんなと一緒に釣りがしたいなぁ――と、考えていたらルシル姉さんの竿に当たりが。

「わわっ！　す、凄い引きです！」

「落ち着け、ルシル！　竿を振り回すな！　クリフ！　手伝ってやれ！」

「う、うん！」

なんだか大事になってきたぞ⁉　まさか、本当にあの巨大魚を釣り上げたのか⁉

釣り用のタモを用意して待っていた父さんだったけど、ふたりの力では岸まで魚を引っ張れないと判断し、竿に手をかけた。

「頑張れ！　こいつは間違いなく大物だ！」

いつもは無口な父さんが、クリフ兄さんとルシル姉さんを励ましながら竿を引っ張り――そしてついに、超巨大な魚が釣り上げられる。

デカい。そのひと言に尽きるな、これは。少なく見積もっても二メートルはあるだろう。

「よくやったぞ、ふたりとも」

「この一匹だけで七、八人分はありそうだね」

「す、凄い……」

釣り上げた魚のサイズに大満足といった様子のふたり。すると、ルシル姉さんが突然こちらへ向かって走ってきて、ベビーカーに乗る僕を覗き込む。

「見ていてくれましたか、バーニー？」

「ルシル。バーニーにはまだ分からないよ」

「そうかもしれませんけど……でも、私たちの勇姿はここからでもしっかり見えたんじゃないですか？」

確かに、バッチリこの目で見届けましたとも。

なんとかその事実を伝えたくて、僕は必死に口を動かす。

「しゅご！　ちゃかな！　しゅご！」

舌足らずなしゃべり方で単語を並べるくらいしかできないけど、ふたりには十分伝わったようだ。

「ク、クリフ兄さん!?　今の聞きましたか!?　バーニーが凄いって言いましたよ！」

「あ、ああ……賢いんだな、バーニーは。きっと将来は凄いヤツになるぞ」

「当然です！　なんたって私の可愛い弟ですから！」

「俺の弟でもあるんだけどな……」

胸を張って言い切るルシル姉さんに対し、苦笑いを浮かべるクリフ兄さん。

その期待に応えられるようにならないといけないな。

「さて、それじゃあ早速こいつを調理しようか。クリフ、ルシル、火を起こすから手伝ってくれ」

「今行くよ」

「はーい！」

父さんに呼ばれて再び駆け出すふたり。

いつもは母さんが料理担当なのだが、今日は父さんが作るみたいだ。

ワイルドな、いかにも男の飯って感じの料理ができそうで楽しみ――と、言いたいが、僕はまだ食べられないので見ているだけ。

くぅ……早く成長して、みんなと一緒にお肉や魚が食べたいよ。


昼食後。

父さんが後片付けをしている間、クリフ兄さんとルシル姉さんが僕の乗るベビーカーを押して辺りの散策に繰り出した。

「クリフ兄さんは冒険者になりたいんですよね？　でしたら、これはいい予行練習になるんじゃないですか？」

「甘いな、ルシル。ダンジョンというのはそんな軽い気持ちで入っていい場所じゃないんだ。いつ、どこで、どんな凶悪なモンスターが襲いかかってくるか……まったく予想できない危険地帯なんだ」

「な、なるほど……でも、そんな危険地帯に行きたいんですよね？」

「好き好んで行くわけじゃないけど……叶えたい夢があるし、それに――」

「それに？」

「これは秘密にしておく」

「言いかけておいてやめるのはないですよぉ！」

楽しそうに会話をしながら、木漏れ日が溢れる道を進んでいくふたり。

にしても、九歳と七歳という年齢とは思えないくらいしっかりしているし、なにより将来を見据えているのは偉い。前世の僕がふたりと同じくらいの年齢の時は、もっとダメダメだったのに。

環境は異なるけど、そもそもの意識レベルが違うんだよなぁ。

「さて、そろそろ戻ろうか」

「そうですね。パパの片付けも終わっている頃でしょうし――って、あれ？」

「どうかしたのか？」

ベビーカーを押していたルシル姉さんの足が止まる。

歩いてきた道を戻ろうと振り返ったのだが、視線の先になにかがいるらしい。クリフ兄さんも急に黙り込んでしまったし。いったいなにがいるのだろうと少しだけ顔を上げてみた。

すると、道の真ん中になにかが横たわっている。

よく見てみると――それは狼だった。しかも、普通の狼とはだいぶ異なる外見をしている。

真っ白な毛に覆われて、どこか神々しさを感じるが……なによりも驚かされるのが、その規格外のサイズだ。

デカい。デカすぎる。さっき釣り上げた巨大魚よりも大きいぞ。

「ク、クリフ兄さん……」

「ルシル。バーニーと一緒に俺の背中に隠れていろ」

大人が遭遇しても悲鳴をあげそうなほどヤバすぎる生物を目前にしながらも、クリフ兄さんは冷静だった。

一応、兄さんは愛用の木剣を携えている——が、いざあのモンスターと戦闘なんて事態に発展したらひとたまりもないだろう。

というか、おかしくないか？

ここは王国にとって商業の要でもある交易路。モンスターが現れないよう魔法兵団が高度な結界魔法を展開して立ち入れないようにしているはず。現に、これまでこの辺りでモンスターに襲われたという報告はないと出発前に父さんも言っていた。

でも、よりによってこんなタイミングとは。

せめて、父さんか母さんがいてくれたら心強かったのだが。

「に、兄さん……まさか、あのモンスターと戦う気なんですか？」

「気を引くだけだ。ヤツの注意を俺に向けるから、その間にバーニーを連れて父さんと母さんのところへ逃げろ」

声を震わせる姉さんとは対照的に、どこか安心感さえ覚える兄さんの落ち着いた口調。

――だが、その足はわずかに震えていた。

本当は兄さんだって今すぐに逃げ出したいほど怖いはずだが、妹と弟を守るために勇気を振り絞って立ち向かっているのだ。

くそっ。他になにか手はないのか。

必死になって思考を巡らせるが、それも虚しく巨大狼の瞳が僕たちを捉える。

「まずい！　ヤツがこっちに気づいたぞ！」

「えっ⁉　ど、どうしたらいいんですか⁉」

「落ち着け。さっき言った通り、俺が囮《おとり》になるから――」

「い、嫌です！　そんなことしたら、クリフ兄さんが……」

とうとうルシル姉さんは泣き出してしまった。

この調子では、クリフ兄さんが隙を作る間に父さんたちのもとへ戻るのは難しい。なんとかルシル姉さんを奮起させようと説得を続ける兄さんだったけど……僕はその時にある違和感を抱いていた。

あのモンスターはなぜ襲ってこないんだ？

モンスターと呼ばれる生き物は本能に忠実である。

これは、父さんの工房を贔屓《ひいき》にしている冒険者が、クリフ兄さんに語った冒険者としての心構えの中にあった言葉だ。

モンスターは本能で動く。だから手加減もしないし、見逃しもしてくれない。こちらが泣いて謝ろうが、お構いなしに襲ってくる。

子どもにはショッキングな内容ではあるものの、冒険者として生きていこうとするなら絶対に心の中へ留めておかなければならない教訓だ。

しかし、あのモンスターはこちらを襲ってくるどころか、そもそも敵対する意思がないように見える。

向こうの立場になってみれば、今の状況はご褒美と言えるだろう。なにせ、抵抗する手段を持ち合わせていない子どもが三人もいるのだ。鋭い爪牙で攻撃されたら、一瞬でやられてしまうのは明白――にもかかわらず、あの白い巨大狼は動こうとしない。

いったい、どういうつもりなのか。

兄さんと姉さんはそれどころじゃないみたいだけど、僕はモンスターがなぜ動かないのかが引っかかって仕方がなかった。

どこか怪我をしているわけでもなさそうだし……かといって、その場からどこうとする素振りも見られない。なにがしたいのか、目的がまったく読めなかった。

ここでどう判断し、対応していくかでこの先が決まる。

「ルシル、俺の言うことを聞いてくれ」

「嫌ですよぉ！」

ふたりは完全にパニック状態となっていた。

ここは僕がしっかりしないとダメだと思い、改めて相手の動きを確認するが……やはりモンスターは動こうとしない。

……待てよ。そもそもあの白毛の狼は本当にモンスターなのだろうか。

前に、父さんが言っていた。

モンスターのように見えても、本当はまったく異なる生物がいくつか存在する。中には優れた頭脳に加え、とんでもない力を秘めた神獣と呼ばれる者までいるという。

さっき、あの狼から感じた神々しさ……確信があるわけではないが、父さんの言うモンスターを超えた存在に匹敵する風格とは、まさにあの狼が備える雰囲気を指すのではないか。

魔法兵団の結界魔法を突破し、ここへ侵入できたのは、あの狼がモンスターじゃないからという考え方もできるな。

いずれにせよ、状況を打破するにはきっかけが必要だ。

このまま膠着《こうちゃく》状態が続けば、異変に気づいた父さんたちが駆けつけてくれるかもしれないけど、根本的な解決には至らない。

どうしようかと悩んでいた時、胸で光る石が目に入った。

それは、父さんが御守りにと作ってくれた魔鉱石のペンダント。

これでどうにかならないかと手にした瞬間、かつて味わったあの感覚が再びやってきた。

前に同じ現象と遭遇した時には、クリフ兄さんの折れた木剣を修復したけど……今回は異なる。

「修復」するのではなく、「作り出す」という感じ……これこそ、物作り系ジョブの真骨頂と呼べる能力だ。

確信した僕はすぐにあるアイディアを思いつき、実現するために素材となりそうな物を探した。しかし、ここはベビーカーの中。

そう都合よく素材になりそうなアイテムなんてあるわけがない——と思っていた僕は、今まさに掴んでいるタオルへと目を留める。

これだ!

シーツ代わりに敷かれたそのタオルと魔鉱石をジョブの能力で組み合わせる。

頭の中に入ってきた情報に従い、手にしたふたつのアイテムに魔力を注ぎ込んだ。

大事なのは、僕がどういう魔道具を作りたいかという具体的なイメージ。ここがしっかりしていないと、魔道具は完成しない。

誰に教わったわけでもなく、頭の中に入り込んでくるたくさんの情報が囁いてくるのだ。

イメージが固まったところで、さらに強く魔力を込める。

直後、僕の全身はまばゆい光に包まれた。

「な、なにっ⁉　なにが起きたんですか⁉」

「こ、この光は⁉　バーニーなのか⁉」

ルシル姉さんにとっては初めてでも、クリフ兄さんは八ヵ月前にこの光を目の当たりにしている。だから、原因が僕にあるとすぐに悟ったようだ。

心配なのは目の前にいる謎の巨大狼。

この光に驚いてなにか行動をしてくるのかと思ったが、幸いにも相変わらずなんの動きも見られない。

光が徐々に収まり、元通りになると、僕の手には望んでいた品が握られていた。魔鉱石の淡い水色を溶かし込んだようなカラーのスカーフ――これこそが、【魔道具技師】のジョブを持つ僕のデビュー作。

「な、なんでスカーフが？」

「恐らく、バーニーの持つジョブの能力で作り出したものじゃないかな」

「どうしてスカーフを？」

「俺もそこまでは……」

さすがに完成した物を持っているだけでは伝わらないか。

このアイテムはあの狼につけると力を発揮する仕掛けになっている。

だから、誰かが狼に接近しなくてはいけないのだが、この場でその役を任せられるのはクリフ兄さんしかいない。

「こえ！　こえ！」

「なんだ？　俺にくれるのか？」

どうやら、兄さんは自分へのプレゼントと受け取ってしまったようだ。早く訂正しなければと、僕は声を出し続けた。

「ちゃ！　あちょ！　りゃい！」

以前に比べたらだいぶマシになったとはいえ、やはり完璧に意思を伝えるのは難しい。それでも、クリフ兄さんは自分への贈り物ではないと察したようだ。

「もしかして、あの狼につけろっていうのか？」

「っ！　あい！　あい！」

さすがはクリフ兄さん！　素晴らしい読みだ！

「ちょ、ちょっと待ってください！　そんなの危険すぎますよ！」

ここで、ルシル姉さんが当然すぎる忠告をした。

クリフ兄さんもためらいを見せたが、ほんの一瞬だけ。僕からそっとスカーフを受け取ると、深呼吸を挟んでから狼へと歩き出す。

「に、兄さん⁉」

「大丈夫だ、ルシル。バーニーがアイテムを作ってから改めてあの狼を見てみたが……とても優しい目をしている」

「でも」

「あと、ここは王国魔法兵団が厳重に結界魔法を展開し、モンスターを寄せつけない安全地帯のはずだ。本当にあの狼が獰猛なモンスターだとしたら、魔法兵団の怠慢ということになってしまう」

「それは……」

「だとしたら、あいつはモンスターではなく、以前父さんが話していた神獣と呼ばれる存在かもしれない。これなら、諸々説明がつく。そうだろう？」

「た、確かにそうですけど」

将来は優秀な魔法使いとなって魔法兵団入りを希望しているルシル姉さんにとって、狼がモンスターであるとは認めたくない事実であったし、なにより、憧れている魔法兵団がそのようなミスをするとは思えないって表情だ。

それにしても……クリフ兄さん、僕とまったく同じことを思っていたのか。

感心しつつ、ゆっくりと狼へ近づいていく兄さんをベビーカーの中から見守る。

「安心してくれ。俺たちは君の味方だ。傷つけようなんて気持ちはこれっぽっちもない」

狼に語りかけながら、少しずつ距離を詰めていく。やがて、一メートルくらいまで接近すると、クリフ兄さんは手に持っていたスカーフを狼へと見せた。

「こいつを君につけてもらいたい」

短くこちらの要求を告げると、狼は驚きの行動に出る。

なんと、スカーフをつけやすいように首を少し傾けたのだ。

「っ！　あ、ありがとう」

これで完全に敵意がないと察したクリフ兄さんは余裕が生まれたのか、わずかに笑顔を見せて狼の首にスカーフを巻きつける。

「――よし。これでいいか」

「ふむ。つけ心地は悪くないな」

「気に入ってくれたみたいでよかったよ。弟の力作なんだ」

「弟というのは、あの動く篭の中にいる赤ん坊のことか？」

「ああ。まだ赤ん坊なんだけど、賢くて――えっ？」

なんの疑問も持たず普通に会話をしているクリフ兄さんは、その相手が目の前の巨大狼であると知った途端、盛大に取り乱す。

「なっ!?　ななななっ!?　なんで人間の言葉を!?」

「ぬ？　言われてみれば……お主があまりにも普通に言葉を交わしているものだから、てっきり吾輩たちの種族の言語に精通しているのかとばかり思っていたが、そうではないのだな」

随分と古風なしゃべり方をする巨大狼。

――そう。これこそが僕の作った魔道具の効果。

アイディアは前世の記憶だった。

勤め先のねちっこい性格をした社長が、愛犬のチワワと会話をするために買ったという犬の鳴き声から感情を読み取るという翻訳機を参考にした物だ。あちらの効果については疑問符がつくけれど、こっちは正真正銘、あの狼の言葉で間違いない。

「どうやら、お主が吾輩の言葉を理解できるのはこのスカーフのおかげらしいな」

「ス、スカーフの？」

「こいつから、微量だが魔力を感じる。吾輩の言葉を人間にも分かるように翻訳し、聞かせる仕掛けが施されているようだ。この手の込みよう……お主の弟はまだ赤ん坊ながら凄まじい才能を秘めているぞ」

「あ、ありがとう。自慢の弟なんだ」

クリフ兄さんにまたしても「自慢の弟」と言ってもらえた。

感激に打ち震えていると、今度はルシル姉さんが狼へと駆け寄る。

「あなたは私たちが通過してからずっとここにいたんですか？」

「うむ。本当はすぐに立ち去ろうと思ったのだが、どうにも体の自由が利かなくてなぁ。どこか負傷したわけでもないのだが、なんとも不思議な感覚で困っていたのだ」

「もしかしたら、魔毒が原因かもしれません」

「魔毒？　なんだ、それは？」

初めて聞くワードに、クリフ兄さんは思わずルシル姉さんへと聞き返す。

「簡単に言うと、自分の魔力に毒性を持たせるんです」

「魔力に毒性とは……めちゃくちゃ厄介だな」

確かに、クリフ兄さんの言う通りだ。

たとえば、魔力によって炎や水や風を生み出す際、それらの効果に加えて毒性を持たせることができるってわけだ。毒性を持つ炎に水に風……対峙する相手は普通に戦う何倍も注意しなければいけなくなる。

ただ、ルシル姉さんの話によると、人間がこの魔毒を身につけるのはほぼ不可能だという。

「これを身につけようとする人もいて、大々的な実験も何度か試みられていましたけど、使い手が毒に侵されて再起不能になるケースばかりで実用化には至らなかったって魔法史の書物に記してありました」

当然の話ではあるか。

「なら、この狼を襲った魔毒はどこから来たんだ？」

「魔毒というのは自然発生する場合もあるらしいんです。もしかしたら、この近くにそういった毒性のある魔力が漂っている地域が存在しているのかもしれません」

「一大事じゃないか⁉」

「すぐにでも魔法兵団に報告すべきですね。――っと、その前に」

ルシル姉さんは狼の前に立つとゆっくりと目を閉じた。

「動かないでくださいね」

小さく呟いてから、そっと右腕を上げる。

やがて指先が淡く光りだし、徐々に大きくなっていった。ついには狼の巨大な全身を包み込むほどにまで成長するが、当の狼は気にする素振りを見せず、穏やかな表情でルシル姉さんを眺めている。

「気分はどうですか？」

「よ、よくなってきている」

目を細め、気持ちよさそうにしている狼。

「ルシル……おまえ、解毒魔法が使えたのか？」

「マスターしたとは言えませんけど、基礎基本の魔法は大体使えるようになりました」

いやいや、七歳なのに凄すぎない？

この世界の魔法属性は火、水、風、地、雷の五大基本属性に加えてどれにも属さない無属性や光と闇といったレア属性などさまざま。その数は十を超えるという。

魔法習得に関する難易度についてすべてを把握しているわけじゃないが、基本的にひとりの人間が操れる魔法属性の平均は二種類と言われている。四種類の属性魔法が使えたら、その魔法使いは組織内で一目置かれるらしい。

しかし、ルシル姉さんはすでに六つの属性魔法が使用できる。

おまけに、基礎基本だけでなく、複雑な応用魔法まで使いこなせるのだ。現役の魔法兵団所属魔法使いでも、そこまでの属性を操れるのは片手で数えきれるくらいだ——って父さんが常連客と話しているのを聞いた記憶がある。

間違いなく、ルシル姉さんは魔法の天才だ。

そうこうしているうちに、狼の治療が終わったらしい。

「おぉ！　まるで体にまとわりついていた鎖から解き放たれたような気分だ！」

「もう大丈夫みたいですね」

「うむ！　すっかり世話になったな。なにか礼をしたいのだが……」

「礼はいいんだけどさ。名前くらい教えてくれよ」

クリフ兄さんが言うと、狼はハッとなる。

「これは失礼した。まだ名乗っていなかったな。——吾輩は神獣アルベロスと申す」

「っ!?　や、やっぱり神獣だったのか」

これについてはクリフ兄さんと同じく「やっぱり」って感想しかない。たぶん、あのスカーフがあっても、知性のない獣同然のモンスターがしゃべっていたら、きっと人間である僕たちとは理解し合えないだろうからな。キチンとした物の考えができる神獣だからこそ会話が成立しているのだろう。

「アルベロスはこれからどうするんだ？」

「特に目的地を決めているわけではないが」

「なら、私たちと一緒に来ませんか？」

「なにっ？」

ルシル姉さんが凄い提案をした。

神獣を連れ帰って一緒に暮らそうっていうのか？

普段は大人しいけど、たまにこういった思い切りのいいことをするよなぁ、ルシル姉さんって。肝が据わっているというかなんというか。

……でも、ルシル姉さんのことだから、きっと裏には僕なんかじゃ想像もできないような思慮深い企みがあるに違いない。

「私――前からずっとワンちゃんを飼ってみたいと思っていたんです！」

前言撤回。今の姉さんは自身の欲望に忠実なだけだ。

「だがなぁ、これだけ大きいとエサ代が心配だ」

クリフ兄さんはクリフ兄さんでなぜかめちゃくちゃ前向きだし。というか、神獣相手にエサってどうなの？

そもそも、神獣アルベロスはまだついていくなんてひと言も口にしてはいないのに。

「吾輩も人間社会の生活は前々から気にはなっていた。食事に関しては気遣い無用。飯くらい自分でなんとかする」

ついてくる気満々なのかよ！

とりあえず、ここでの話し合いの結果としては「うちに来る」で決まったみたいだけど、まだ父さんや母さんがなんていうか分からないし――って、思っていたらそのふたりがこちらへと駆け寄ってくる。あまりにも帰りが遅いから心配して来たみたいだな。

「うおっ⁉」

「きゃあっ⁉」

アルベロスを見たリアクションは大体予想通りだった。

そりゃあ、モンスターがいないとされている森でこんな巨大な狼を目撃したら誰だってそういう反応になっちゃうよ。おまけに人間の言葉を話すし。

ここで兄さんがようやく僕の作ったスカーフの件も含め、冷静に状況報告を行う。

最初は警戒していた父さんと母さんだが、クリフ兄さんの説明を聞いているうちにだんだんと表情が柔らかくなっていった。

これは決まりかなぁ。

「君がいいなら、うちへ来るか？」

「よろしいのか？」

「うちは大歓迎よ。工房の宣伝にもなるし」

母さんに至っては神獣をマスコット扱いしようとしている。

だが、当の本人——この場合は本狼になるのか？

ともかく、「吾輩でお力になれるのなら」となぜかヤル気を見せていた。

「よろしくお願いしますね、アル」

「アル？」

「アルベロスだとちょっと長いから、そう呼ばせてもらおうかなと思いまして……お気に召しませんでしたか？」

「少し驚いただけだ。アルでよい」

「ふふふ、ありがとうございます、アル」

ルシル姉さん……本当に嬉しそうだな。まあ、さっき自分でも言っていたけど、ずっと犬を飼いたがっていたのは事実だし。デカすぎる気がしないでもないけど、伝説の神獣って考えたら些末な問題か。

それから、両親の関心はアルとの心を通わせるきっかけとなったスカーフへと注がれる。

「これをバーニーが作ったのか……」

誰よりもビックリしていたのは父さんだった。

【鍛冶職人】のジョブでは、きっとこういうアイテムは作れない。幅広いジャンルに対応できる【魔道具技師】だからこそ可能だったのだ。

「ふっ、すでに追い越されたみたいだな」

父さんはアルの頭を撫でながら、ベビーカーから僕を抱き起こす。

「きっと、兄や姉を守ろうと必死になって作ったアイテムなんだろうな。あれだけ気に入っていた魔鉱石の御守りを素材として使うくらいだから」

うっ、それについては申し訳なさがある。

せっかく父さんが僕のために作ってくれた御守りだったのに。

でも、そうするしかなかったんだ。あの段階でアルが敵ではないと薄々感じてはいたけど、なにが原因かは分からないし、魔毒が漂っている可能性を知ることができたのだから。

こうして、ルシル姉さんとクリフ兄さんの新しい門出を祝うピクニックは、「新しい家族が増えた」というあまりにも予想外な展開とともに幕を閉じたのであった。

◇◇◇

ピクニックから戻って一週間。

ルシル姉さんは王立学園へ向けて出発した。

夏と冬の長期休暇の際は必ず戻ってくると宣言していたが、最短で四ヵ月半……かなり日にちはあるな。

最初は新しい魔法をたくさん学べると笑顔を見せていたルシル姉さんだったけど、だんだん寂しさが出てきたのか、目に涙を浮かべていた。

それを見た父さんも母さんも泣きそうになっていたが、グッとこらえ、「しっかりやるんだぞ」と笑顔で送り出した。クリフ兄さんだけはいつもと変わらず「頑張れよ」と激励の言葉だけを添えていたが、少し肩が震えていたのを僕は見逃さなかった。

そのクリフ兄さんも、自身の夢を叶えるために冒険者としての一歩を踏み出した。

近々、父さんと一緒に王都南区にあるギルドへ行き、正式にパーティーへ加わる予定だ。

でも、きっとクリフ兄さんなら引く手数多だろう。

僕が生まれる前から、ずっと剣術の鍛錬を欠かさず行い、さらに冒険者としての知識を蓄えるべく、勉強も欠かさなかった。頭もよかったので、時には『ルシルちゃんと一緒に特待生として王立学園へ通えばいいのでは？』と言ってくる人もいたけど、兄さんは結局学園を受験しなかった。

兄さんは冒険者に強い憧れがあるらしい。

多くは語らなかったけど、間違いなく父さんの影響だと思われる。なにせ、クリフ兄さんは兄妹で唯一、冒険者時代の父さんを知っているのだ。

きっと、その時から「冒険者になりたい」と思っていたんじゃないかな。兄さんのことだから照れくさくて父さんには言えないのだろうけど。

ちなみに、僕はのんびり気ままな赤ちゃん生活を続けていた。

修復だけでなく、物作りに関する能力にも目覚めたことで創作意欲は湧き上がっているのだが、さすがに赤ん坊の僕には能力を使う機会が巡ってこない。

アルの時は非常事態だったしなぁ。大人しく、成長するのを待つとしよう。

もし、自由にジョブの能力を使って魔道具を作れるようになったら、仕事の幅がグッと広がるな。今から楽しみだ。

一方、アルはアルで王都での生活を満喫していた。

もともと人間の暮らしに興味関心があったようで、荷物持ちとして母さんの買い物の手伝いをしながら観察している。

「アルが来てくれて本当に助かっているわ。ありがとう」

「ドロシー殿、礼を言うのは吾輩の方だ。快く受け入れてくれた恩……一生涯忘れませぬぞ」

「ふふっ、大袈裟ねぇ」

神獣って、意外と順応力が高かったんだな。

母さんの目論見通り、いつの間にか工房のマスコット的な存在となっており、アルをきっかけにうちの常連さんになってくれた冒険者もいるほどだ。

この前、シスター・ジゼルが教えてくれたけど、神獣は親しくなった者に幸福をもたらしたって事例があるらしい。

今のところはその事例通りになっているな。

――その後、アルを苦しめた魔毒については父さんが魔法兵団に通報をして、近々大々的な調査を実施すると魔法兵団は約束してくれた。

魔毒は人体に悪影響を与えるだけでなく、兵器として運用される恐れもあるため、正式な国家機関が迅速に対処するべきだろう。あの場所は王都に暮らす者たちにとって癒しの空間だけでなく、交易路という国の重要な経済ルートでもあるからな。

まあ、素人の僕がそう思うくらいだから、行政区のトップであるゾリアン大臣はすでになにかしらの手を打っているはず。

僕は赤ちゃんらしく、自分の成長をゆっくり待つとしよう。

第三章　あれから五年

神獣アルベロスが我が家にやってきてから五年が経ち、僕は六歳となった。

今では父さんの工房に入ることも許されていて、日夜さまざまな魔道具を作り出そうと試行錯誤の日々を送っている。

アルの言葉を翻訳できるスカーフのような、いわゆる実用的なアイテムも作ってはいるが、その数はまだ少ない。実は、魔道具を作るには魔鉱石の存在が必要不可欠である事実が発覚。さらに最近は魔鉱石の採掘量が減っているらしく、数不足もあって値段が高騰しており、実験感覚では使用できないのだ。

こうした事情もあって、僕は父さんの手伝いをしながら魔鉱石を購入するためのお小遣い稼ぎをしていた。

「バーニー、悪いが配達を頼まれてくれるか？」

「任せてよ！」

今日も早速仕事の依頼がやってくる。

「お駄賃は百ウェンだ」

「ありがとう、父さん！」

銀色の硬貨一枚を手渡され、すぐに財布へとしまう。魔鉱石は一番小さなサイズで千五百ウェン。今ちょうど千ウェン貯まったから、あと配達を五回手伝えば能力を駆使して魔道具作りができる。

「アル！　マルコさんの店まで配達だ！」

「承知した」

中庭でゴロンと横になっていたアルに呼びかけ、白い毛に覆われたもふもふの背中に乗っかる。母さんは配達のお手伝いだとすぐに理解し、「気をつけてね」と声をかけてくれた。

「はい！　いってきます！」

僕は元気よく返事をして、家を出る。

母さんの体の調子は以前に比べてだいぶよくなった。

昔は家事をするにしても時間制限があったようだが、それもないみたいだし、最近では叔母夫婦が商業区で営んでいる食堂の手伝いもしている。元から精力的に動き回る人だったみたいなので、いよいよ本領発揮といったところかな。僕としてはあまり無茶をしてもらいたくはないんだけど。

「なにか深刻な考え事か？」

「えっ？　い、いや、そういうわけじゃないよ」

「ならばいいのだ」

母さんを心配していることをアルに気取られたみたいだ。今はルシル姉さんもいないし、クリフ兄さんはようやくダンジョンでの探索が許可される年齢になり、これからますます冒険者としての生活が忙しくなる。

僕もみんなに負けないようにしっかりしなくちゃな。


マルコさんの店に注文の武器を届け終え、午後になって少しだけ人の気配が薄まった王都の中央通りを歩いていく。

すると、すれ違う顔見知りの人たちからいろいろと声をかけられた。

「おや、お父さんの手伝いかい？」

「偉いねぇ。うちの坊主にも見習ってもらいたいもんだ」

「アルちゃんは今日ももふもふねぇ」

日常のなにげないやりとりが続く。王都に暮らす人たちは気のいい人が多く、困った時はお互いに助け合う関係性が構築されている。

王都の人情に触れながら帰路を進むと、偶然にもクリフ兄さんとばったり遭遇。

「クリフ兄さん！」

「バーニー？　アルまで一緒になって、親父の手伝いか？」

「うん。今はその帰りなんだ」

十四歳となったクリフ兄さんは、すっかり大人びた雰囲気をまとうようになっていた。以前から年齢の割には大人っぽい性格だったけど、最近はそこに外見も追いついてきている。身長も同年代の子たちに比べたら大きいし。

——っと、どうやらクリフ兄さんはひとりじゃなかったようだ。

「あら、バーニーじゃない。久しぶりね」

「お久しぶりです、ペティさん」

長く赤い髪をツインテールにまとめたペティさんは、兄さんが所属している冒険者パーティー《陽炎《かげろう》》のリーダーであるザックさんのひとり娘だ。

なにを隠そう、ザックさんとうちの父さんは元同僚。父さんがもともと所属していたパーティーが、ザックさんがリーダーを務める《陽炎》だったのだ。

今年でパーティー結成から三十年を迎え、メンバーは総勢で三十人を超える。ベテラン、中堅、若手がバランスよく在籍し、周りからも一目置かれる存在であった。

僕はまだ会っていないけど、父さんは常々『今の自分があるのはザックさんのおかげ』と口にしている。めちゃくちゃ恩のある人らしい。

そのザックさんは、愛娘のペティさんと同い年とあって、クリフ兄さんをいたく気に入った。

もちろんそれだけでなく、我流とはいえ毎日剣の鍛錬を欠かさない実直さや、そうして強くなった剣士としての腕前にも惚れ込んでいる様子だった。

それはペティさんも同じなのだが、彼女の場合はザックさんとは方向性の違う惚れ込みようというのか……つまり、恋愛的な意味で惚れているっぽい。それにザックさんも薄々勘づいているようだ。

だからといって依怙《えこ》贔屓をされるわけでもなく、みっちりと数年にわたり下積みを重ねたクリフ兄さんは、最近はようやくギルドから依頼されるダンジョン外でのクエストをこなし、報酬をもらえるようになっていた。

今もふたりが歩いてきた方向から察するに、ギルドへ行くのだろう。

手にした篭に入っている物を見る限り、薬草の採集クエストだったのかな？

「兄さんはこれからギルドへ？」

「あぁ。挑戦していたクエストを達成できたから、その報告に向かうところだ」

「へぇ……」

クエスト、か。正直、僕もずっとやってみたいと思っていたんだよな。

「今回は薬草の採集で、次回は魔鉱石を採ってくる予定だ」

「魔鉱石⁉」

「あっ」

クリフ兄さんは「しまった」という表情で口元を手で押さえる。

だが、もう手遅れだ。バッチリ聞こえてしまったよ。

ギルドとかクエストとか、前世ではあまり触れられなかったゲームの世界を実際に体感できるかもしれないって不純な気持ちもあったが、魔鉱石を採りに行くと聞かされては黙っていられない。

購入すると高価だが、採集クエストに挑んでいる最中にひょっこり発見するって話はうちの工房の常連客からも聞いていた。

ダンジョン内部への探索には年齢制限があるものの、採集クエストに関してはパーティーからの推薦があれば年齢は不問というルールになっている。これについては探して見つけて持ってくる、それこそ子どものお使い的な内容が多いし、報酬も少なめだからっていうのが大きな理由だろうな。

冒険者を目指す者にとっては入門クエストと呼ぶべきもので、おまけにお金ももらえるから若い子が集まりやすいのだ。

なにより、僕がこれまでに作った魔道具が実戦でどれほどの効果を得られるのか知りたい。

魔鉱石を手に入れるのが最優先ではあるけど、こっちも重要なんだよな。

とはいえ、僕がこれまでに作った魔道具と言えば、アルの言葉を翻訳できるスカーフ以外だと数えるくらいしかないんだよなぁ。

すべては慢性的な素材不足が原因だ。

――てなわけで、せっかくの機会だからと、僕は兄さんに魔鉱石の採集クエストについていっていいか尋ねてみることに。

「クリフ兄さん、僕も今度一緒に――」

「ダメだ」

食い気味に断られてしまった。

「ま、まだなにも言っていないよ⁉」

「採集クエストについていきたいって言い出すんだろう？」

「ぐっ……」

さすがはクリフ兄さんだ。こちらの気持ちを察知している。

「好奇心旺盛なのはいいが、おまえはまだ六歳なんだ。採集クエストはダンジョンに入らないとはいえ、モンスターに遭遇しないわけじゃない。もしおまえになにかあったら――」

「まあまあ、落ち着きなさいって」

熱く語り出したクリフ兄さんの肩をポンポンと叩きながら、ペティさんが割って入る。

「うちのパーティーのしきたり、忘れていないわよね？」

「むぐっ⁉」

なにかを企んでいるように目を細め、ジッと兄さんを見つめながら語るペティさん。

しきたりがいったいなんなのか、僕には想像もできないけど、クリフ兄さんがなにも言い返せていない状況を見るとこちらに有利か？

「し、しかし、あれはあくまでもパーティーに所属する冒険者に限ったもので、バーニーは対象外になるのでは……」

「『パーティーに関するトラブルは必ず報告すべし』……すべてはリーダーが決めるのよ」

トラブルの対処はリーダーであるザックさんに判断を委ねよ——これが、ペティさんの語るしきたりってヤツか。

「そういうわけだから、あたしたちと一緒に行きましょう、バーニー。アルもね」

「はい！」

「うむ」

「……仕方がないな」

兄さんはなんとも渋い表情を浮かべながらも、最終的に僕がザックさんと面会するのに納得してくれた。

というか、冒険者ギルドに行くのってこれが初めてじゃないか。ノリと勢いで頼み込んだけど、今になって凄く緊張してきたぞ。

クリフ兄さんやペティさんは慣れた調子でギルドへと入り、どんどん進んでいく。僕はアルの背中から下り、自分の足でふたりの後を追う。

その途中、明らかに場違いな僕らは周りの冒険者たちの視線を集めた。

「あの子ども、鍛冶職人の息子か」

「神獣を手懐けるほどの魔道具を作り出すらしいぞ」

「ひょっとして、ザックの旦那のパーティーに入るつもりか？」

漏れ聞こえてくる話を耳にする限り、敵意を持っている者はいないようでひと安心。

まあ、六歳の子どもを相手にしてムキになるほど暇な人もいないか。

それはともかく、兄さんとペティさんは受付カウンターでギルド職員に成果を報告。確認を終えると、指定された報酬分のお金を受け取る。

今回の報酬は八千ウェン。

時間にしておよそ半日で達成できるクエストだと、これが相場の金額らしい。

諸々の手続きを終えたふたりは二階へと上がっていく。

王都にあるギルドは宿屋も兼業しているらしく、どうやら所属する《陽炎》のメンバーはそこにいるらしい。

その二階はとても広く、宿屋の他に食堂も併設していた。

一階に比べると人の数は少ないが、その中でも設えられたソファに座る人物に目が留まる。

白髪に白髭。右目には大きな傷跡があって、それを黒い眼帯で隠している。

なにより、全身から漂う強者のオーラが凄まじい。

顔つきは年配の人って感じなんだけど、肉体は筋骨隆々としていて若々しいのだ。

誰がどう見ても只者じゃない——と、気がついたらクリフ兄さんとペティさんはその人のもとへと歩き出していた。

そして目の前まで近づくと、兄さんは深々と頭を下げる。

「ただいま戻りました、お頭」

「おう、今回も無事に帰ってきたようだな」

クリフ兄さんがお頭って呼ぶということは、あの人がパーティーのリーダーのザックさんなのか。初めて会うけど、外見は思い描いていた通りだな。

ザックさんは無事にクエストを終えたクリフ兄さんとペティさんを褒めた。

娘のペティさんは「これくらい簡単よ」と不服そうな態度を取るが、「誰にでもやれそうなことが、意外と難しかったりするんだよ」という父親の言葉を受け、照れくさそうに笑みを浮かべていた。

その直後、ザックさんの鋭い眼光がふたりの背後に立つ僕を射抜いた。

「後ろにいる坊主。おまえさん、鍛冶屋の嫁のドロシーに似ているなぁ」

「あっ、こいつは俺の弟でバーニーです」

慌ててクリフ兄さんが僕をザックさんへと紹介する。

「は、はじめまして。バーニー・カールトンといいます」

「ほぉ、きちんと挨拶ができるか。偉いぞぉ。挨拶は大事だからなぁ」

オークやゴブリンも逃げ出しそうな目つきで見つめられながら褒められる。どんな顔をしていればいいのか分からず、僕は完全に硬直していた。

「お父さんったら……そんな顔で凄んだら、バーニーが怖がるじゃない」

「凄んだつもりはないんだがなぁ。大体、こいつはぁ俺にジッと見つめられても泣き出さなかった。大した度胸だよ」

本音を言うと、めちゃくちゃ怖いんだけどね。

ただ、これからクエストに参加させてほしいとお願いするのに弱気な姿をさらすのはマイナス評価になると踏んで、グッとこらえていたのだ。

自己紹介が終わったのを見計らい、クリフ兄さんが早速本題をぶつける。

「お頭、実は俺の弟が魔鉱石の採集クエストに挑戦したいと言っていて……」

「なぁにぃ？」

再び急接近するザックさんの怖い顔。

ここで逃げ腰になっちゃダメだ。

自分自身に言い聞かせつつ、僕はこの場で最も伝えたかった内容を口にした。

「は、はい！　僕も採集クエストに挑戦したいです！」

「うぅん!?」

いきなり大声を出したせいで、ザックさんは驚いたようだ。

目をカッと見開き、ゆっくりと頷いてから答えを告げる。

「実に元気がいい……合格だぁ！」

「えっ？　ご、合格？」

「ギルドへの推薦はこちらでしておこう。明日、クリフとペティのふたりに連れていってもらうといい」

「あ、ありがとうございます！」

まさかOKをもらえると思っていなかったので凄く嬉しい。

「とはいえ、いくら採集クエストでも、三人だけでは不安だ――おい、ジョゼフ」

「はっ！」

「この子たちについていってやれ」

「了解です、お頭」

さすがにこのメンツでは若すぎるので、ジョゼフさんと呼ばれた二十代半ばほどの若い男性冒険者が僕たちのクエストに同行してくれるという。

こうして僕の初めてとなるクエストが正式に決定した。

今日はワクワクしすぎて寝られないかもしれないな。

ギルドを後にし、クリフ兄さんと一緒に帰宅すると、早速明日の採集クエストについて父さんと母さんに報告。

母さんの方はやっぱり「大丈夫かしら」と心配していたけど、父さんは「思い切ってやってこい」と背中を押してくれた。さらに、クリフ兄さんも後押ししてくれた。

「問題ないよ、母さん。明日行くロドニオ渓谷は俺もペティも何度か足を運んでいるし、アルもついている。なにより、パーティーでも屈指の実力者であるジョゼフさんが同行してくれるから」

「ジョゼフも一緒なのか。なら心強いな」

「そ、そうなの？」

どうやら、父さんはジョゼフさんを知っているらしい。クリフ兄さんも『屈指の実力者』って評しているし、ザックさんが真っ先に名前をあげた点からしても、パーティー内では重要な役割を持つ人みたいだ。いわゆる幹部クラスってヤツかな。

最初は不安がっていた母さんも、父さんとクリフ兄さんがジョゼフさんを推しているのと、神獣のアルも一緒に行くと分かってようやく安心したようだ。

しかし、油断はできない。

話によると、低ランクとはいえモンスターが出現するらしいからな。

頼れる仲間がいたとしても、気を引き締めてクエストに挑まなくちゃ。

◇◇◇

人生初となるクエストに挑戦する日の朝。

案の定、興奮してなかなか寝つけなかったものの目覚め自体は悪くない。

まずは顔を洗おうと部屋を出て洗面所へ入ったら、すでに着替えを終えたクリフ兄さんと鉢合わせした。

「おはよう、バーニー。昨日はよく眠れたか？」

「ちょっと寝つくのに時間がかかったけど、平気だよ」

「ならいいんだ。クエストを達成するには体調管理も重要になってくるからな」

すでに何度も採集クエストを成功させているだけあって、クリフ兄さんの言葉には説得力がある。

そういえば、今回でクリフ兄さんとペティさんは採集クエストを卒業し、いよいよダンジョン内での探索に出るらしい。そういう意味では、クリフ兄さんたちにとっても今日のクエストは特別な位置づけになると言えた。

朝食を済ませ、アルと一緒に家を出ようとしたら、

「バーニー」

と、父さんに呼び止められた。

「どうかしたの？」

「……気をつけてな」

「うん！」

口下手な父さんが振り絞った言葉。

でも、十分その気持ちは伝わってくる。

僕は見送りに来てくれた父さんと母さんに手を振り、ギルドへと出発した。

今回のクエスト——魔鉱石の採集が目的ではあるけど、最終目標は「無事に帰宅する」で決定だな。

改めて父さんと母さんに「いってきます！」と告げ、僕とアルとクリフ兄さんは商業区にある冒険者ギルドを目指す。

ギルドに到着すると、すでにペティさんとジョゼフさんが僕たち兄弟を待っていた。

「ジョゼフさん、同行していただきありがとうございます」

「ははは、六歳とは思えない礼儀正しさだな。別にいいんだよ。ここのところ連戦続きだったから、休暇って意味もあるんだろ」

陽気に笑うジョゼフさん。そこに軽薄さは微塵もなく、確かな実力に裏打ちされた余裕があって、まさに大人の男性っていう印象を受ける。

「あっちに馬車は用意してある。御者は俺がするから、三人は荷台でまったりしてなよ」

「すみません、ジョゼフさん」

「気にするなよ、クリフ」

頭を下げるクリフ兄さんの肩を叩きながらジョゼフさんは笑ってみせる。

うちでは長兄として振る舞っている兄さんにとって、ジョゼフさんは頼れる兄貴分なんだろうな。

馬車の荷台に乗り込もうとすると、ギルドからザックさんが出てきた。

「気ぃつけて行ってこいよ。無茶だけはせんようになぁ」

「はい！」

わざわざ見送りに来てくれたのか。本当にいい人だな、ザックさん。父さんがクリフ兄さんを預けた理由がよく分かるよ。

「さあ、ボチボチ出発するぞ」

「今行きます！」

荷物を積み終え、最後の僕とアル、クリフ兄さんとペティさんが乗って準備は万端。

クエストに挑むロドニオ渓谷へ向け、王都を発つのだった。

ロドニオ渓谷は馬車で二時間ほどの距離にある。

道中、僕は気になる物を発見した。

それは「この先立ち入り禁止」と書かれた立て看板だ。

目的地であるロドニオ渓谷とは別方向に延びている道なのだが、なぜ立ち入り禁止になっているのかパッと見では判断できない。

しかし、傍らで横になっているアルのひと言でその理由に見当がついた。

「この先は吾輩とカールトン一家が出会った森へと続いているようだな」

「あっ、あの森か」

今から五年前――まだ僕がベビーカーに乗る赤ちゃんだった頃。

魔毒によって弱っていたアルと出会い、その時に初めて【魔道具技師】としての能力が解放されて翻訳スカーフを作ったんだ。ルシル姉さんが解毒魔法を覚えていなかったらって想像すると、今でも怖くなるよ。

父さんが魔法兵団に通報してから一年以上にわたって詳しい調査が行われた。交易路についてはなんとか安全を確保することができたらしいけど、王都で暮らす人々に憩いの場として愛された湖や周辺の森林は未だに魔毒による汚染が続いているらしく、立ち入りを固く禁じられている。

前例のない事態に、ゾリアン大臣自身が城門前で調査報告を国民へ発表する異例の対応を取り、当時は随分と話題になったものだ。

けど、時間の経過によって薄れつつある。

僕たち家族も魔毒の影響を受けていないか、鑑定の儀を行った教会で調べてもらったんだけど、「なにひとつ心配ない」って診断結果だったっけ。

ともかく、思い出深いあの森へは未だ立ち入れない状態が続いていたのだ。

「懐かしいな。できれば、またみんなで森や湖に行きたかったのだが」

「あっ、その時はあたしも呼んでよ！」

「もちろんだ、ペティ」

「いいねぇ、若いモンは眩しくて」

クリフ兄さんとペティさんの会話を耳にして茶化すように呟くジョゼフさん。そんなやりとりをしているうちに、とうとう目的地であるロドニオ渓谷へたどり着いた。

「えっと、クエストの中身は……炎属性と風属性の魔鉱石を持ち帰るのか」

ジョゼフさんが詳しいクエストの内容をチェック。

魔鉱石はその色合いで属性を判断できる。

炎なら赤で、風なら緑の魔鉱石を集めればいいわけだ。

「とりあえず手分けして探しますか？」

「なら、あたしはクリフと一緒に行くわ！」

「ここは探索場所を広げるためにもそれぞれ分散した方が――」

「いいから行くわよ」

ペティさんはクリフ兄さんの言葉を最後まで聞かず、半ば強引に腕を引っ張っていった。

相変わらずクリフ兄さんへの好意が分かりやすいな。ただ、肝心の兄さんがそれにまったく気づいていないんだよなぁ。

「仕方ねぇ。バーニーは俺と行くか」

「はい。よろしくお願いします、ジョゼフさん」

「おまえさんは別の意味でませてるねぇ。その礼儀正しさはスコットさんに似たのかな」

ここはペティさんの希望を優先させて、僕はジョゼフさんと一緒に行動するとしよう。

二手に分かれると言ったが、実際は視界に入る範囲内での行動となる。クリフ兄さんとペティさんは何度もこの渓谷でクエストをこなしているらしいから、もっと自由に動き回りたいと思うんじゃないかって心配していたけど杞憂だった。

ふたりとも、一流の冒険者であるザックさんをはじめとする《陽炎》の面々と長く一緒にいたとあって、非常に慎重だった。

これまで一度も危険な目に遭った経験がないから今回も安心――そういう思考は持ち合わせておらず、常に最善の策を取ろうとしている。

さすがだなぁと感心しつつ、僕も負けないようにと作り出した数少ない魔道具を披露する。

「うん？　なんだ、そりゃ？　指輪か？」

僕が取りだした魔道具に関心を持ったジョゼフさんが尋ねる。

「これは魔力を探知する魔道具です」

「魔力を探知する？　――なぁるほど。そいつで魔鉱石を探そうって魂胆か」

にやりと笑いながら、ジョゼフが言う。

効果としてはその通りなんだけど……そんな顔をされて言われると、なんだか悪い魔道具みたいになっちゃうな。

この魔力探知機の仕組みとしては、文字通り魔鉱石から溢れ出る魔力を探知し、それがある場所を指輪にはめられた宝石（加工した魔鉱石）から出る光で教えてくれる。

実際に使うのはもちろん今回が初めてとなるが、果たしてその成果はどうなるか……静かに目を閉じると、魔力を指輪に集中させる。

やがて、宝石部分が淡く輝き始め、ひと筋の光が伸びていく。指し示された方向へジョゼフさんが向かうと、そこにあったのは切り立った岩壁――だが、そこの一部に魔鉱石があった。

「うおっ!?　本当に探し当てやがった……」

小さなハンマーで風属性の魔鉱石を岩壁から取り外すと、驚いた表情のままジョゼフさんが戻ってくる。さらに、事態に気づいたクリフ兄さんとペティさんもやってきた。

「もう見つけたのか？」

「早すぎない⁉」

「全部バーニーが持ってきた魔道具のおかげだ」

「おぉ、やるじゃないか、バーニー」

「いやぁ」

照れ笑いを浮かべながらも、僕はふたりに魔道具の使い方を教える。クリフ兄さんもペティさんも飲み込みが早いのですぐに使いこなし、短時間でたくさんの魔鉱石をゲットできた。

「こいつがあれば、習得の難しい探知魔法に頼る必要もなくなる。冒険者としては嬉しい限りだが、魔法使いとしては商売あがったりだろうな」

「ちょうどいいんじゃない？　最近は知識のない冒険者を標的にした悪徳魔法使いも増えているっていうし、アイテムで代用できるならそれにこしたことはないわ」

ペティさんは腕を組みながら語る。

そんな事情があったとは知らなかったな。魔法使い系のジョブって希少らしいから、もっと優遇されていると思い込んでいたよ。

……魔法使いの話をしていたら、ルシル姉さんを思い出す。

今は全寮制の王立学園に通っているため、うちを離れている。今年から中等部となり、学園生活はますます多忙となっているようだ。成績はエリート揃いの中でも常にトップクラスらしくて、周囲から一目置かれている。

「魔法か。ルシルは元気にしているかな」

不意に、クリフ兄さんがそう呟く。どうやら、僕と同じ気持ちだったようだ。

「ルシルって、おまえが学費の一部を負担しているっていう妹の？」

「ジョ、ジョゼフさん！　その話はダメよ！」

「おわっ⁉」

えっ？　ジョゼフさん今……とんでもないネタバレしませんでした？

「が、学費？　もしかしてルシル姉さんの？」

「……そうだ。まあ、おまえのことだからここで黙っていても、いずれ自分で調べて答えにたどり着くだろうから説明をしておこう」

隠し通せないと思ったらしいクリフ兄さんは腹をくくり、僕にすべてを打ち明けてくれた。

「で、でも、待ってよ。ルシル姉さんは特待生だから学費は免除なんじゃないの？」

「おまえの言う通り、ルシルは【大魔導士】と呼ばれる非常に珍しいジョブを持っていたため、学園在学時にかかる費用は免除されていた――が、全額ではなく、一部だけなんだ」

「い、一部？」

「そして、うちにはその一部さえ払えない可能性があった。だから、俺は少しでも早く冒険者として一人前になり、家計を助けたかったんだ」

「に、兄さん……」

もしかして、それが兄さんの言っていた夢なのか？

自分自身よりも、家族のために働くというのが兄さんの夢。

なんだか、兄さんらしい夢だなっていうのが第一印象だった。でも、本当に兄さんがやりたかったことではないんじゃないかって疑問も同時に浮かんでくる。

さすがにそれは聞けないかと躊躇していたら、こちらの気持ちを察したらしいクリフ兄さんが素直な気持ちを吐露してくれた。

「俺は家族のみんなが好きだ。父さんと母さんの助けになりたいと思うし、ルシルのように才能豊かな子が埋もれたままというのも納得できない。あいつは学園での生活を謳歌しているし、結果もきちんと出している。その手助けができれば、俺も嬉しいんだ」

「ク、クリフ兄さん……」

本当に家族想いだな、兄さんは。

でもまさか、冒険者になったきっかけのひとつがルシル姉さんの学費を稼ぐためだったとは……きっと、父さんの影響が強いのだろう。アルも感動しているようで、目を閉じながらうんうんと頷いている。

ともかく、そんな話を聞かされたとあっては僕も張りきらないわけがない。

「ジョゼフさん！　この調子でどんどん魔鉱石を探しましょう！」

「おっ？　兄貴に触発されたか？　仲睦まじいねぇ……兄弟揃って――」

話の途中で、急にジョゼフさんの顔つきが鋭くなる。

気のいい近所のお兄さんから、腕の立つ冒険者へと変わった瞬間だった。

だが、ジョゼフさんのこの変わりよう……そうせざるを得ないほどの事態が発生したなによりの証であった。

「ジョ、ジョゼフさん？　なにかあったんですか？」

「……悪いな、バーニー。冒険者体験はひとまず中止だ」

「えっ？」

「来るぞ。備えろよ、クリフ、ペティ」

「「はい！」」

声をかけられたふたりは、いつの間にか武器を手にしていた。さらにはアルまでも唸り声をあげて警戒している。

……いよいよ、モンスターのお出ましか。

話によると、このロドニオ渓谷に出没するモンスターのレベルは低く、クリフ兄さんやペティさんだけでも十分に対応できるらしい。そこへきて、ジョゼフさんやアルも加わっているのだから心配する必要はないはずだ。

しばらくして、ついにモンスターがその姿を現した。

「ほあああ‼」

渓谷に響き渡る甲高い雄叫《おたけ》び。

アルよりもさらに大きく、五メートルはありそうな巨大な猿型のモンスターだった。

「バカな……なぜこの場所に大型のモンスターが……」

モンスターを見上げながら、ジョゼフさんは一瞬固まった。

事前に聞いていた情報によれば、出現するモンスターはすべて小型という話だった。大きくてもアルには及ばないらしく、強くもない。

だが、目の前に立つ猿型のモンスターはとてつもなく大きく、悠然と俺たちを見下ろしている。

「まずいな……」

ジョゼフさんの全身にまとう空気が、明らかにさっきまでの引き締まったものじゃなくなっている。その口調には、動揺の色がうかがえた。

なにか、想定していない事態が発生した——僕はすぐにそう捉えた。

「バーニーよ！　吾輩の背に乗るのだ！　すぐにここから離れる」

「ア、アル⁉」

神獣のアルでさえ、あの巨大な猿型モンスターを目前にして撤退する決断を下した。

「いいぞ、アル。バーニーを頼んだ。俺たちは可能な限り時間を稼ぐから、安全な場所まで離れていろ」

「任せてくれ！」

みんなの様子から察するに、出現したモンスターはジョゼフさんやアルを連れていても勝てないかもしれないってくらいヤバいのか。

「む？　あのモンスター……」

ジョゼフさんの指示に従い、モンスターと距離を取った僕とアル――だったけど、アルはなにやらモンスターに違和感を覚えているようだ。

「どうかしたの、アル」

「ヤツの体から臭いが出ている……かつて、吾輩を苦しめたあの忌々しい臭いと同じだ」

「もしかして――魔毒!?」

どういうことだ？　なぜあの巨大猿型モンスターから魔毒の臭いがするんだ？

確かにここは以前アルが弱っていた森からあまり離れていない。

「っ！　ひょっとして……あのモンスターは森から来たのか？」

いや、でも妙だ。大体あの森にはモンスターが入れないよう結界魔法が展開しているのだ。

あの森は常に魔法兵団の監視下にあるはず。

魔毒の臭いを漂わせるこんな巨大モンスターが逃げ出したとなったら、すぐさま対応すべく魔法使いたちが押し寄せてもいい頃合いだというのに、なにもないのはちょっと不自然ではないか？

さまざまな考えを巡らせるも、事態の解決につながるとは思えない。

本来であればこの場にいないはずの巨大猿型モンスターを相手に、ジョゼフさんたちは苦戦を強いられていた。

「吾輩も助太刀するぞ！」

アルが飛び出すと、ジョゼフさんが力いっぱい叫ぶ。

「ダメだ！　おまえはバーニーを連れて王都へ戻れ！　応援を呼ぶんだ！」

もはやこの場にいるメンバーだけで手に負えないと判断したジョゼフさん。さらに、その指示はクリフ兄さんやペティにも及ぶ。

「クリフ……ペティ……ふたりもついていけ。ここの正確な位置はおまえたちじゃないとうまく伝えられないだろうからな」

「し、しかし、ジョゼフさんが……」

「変なマネしようとしているんじゃないの、ジョゼフ⁉」

「バカを言うな。子どもを守るのは年長者の務めだ。きっと、こういう事態が起きた時のために、お頭は俺を同行させたんだろうよ」

緊迫した状況下にありながらも、ジョゼフさんは笑ってみせる。まるで、僕たち全員を励ますように。

——僕は直感した。

ジョゼフさんは死ぬ気で逃げ道を作る気だと。

「くっ！」

こんなところで、あんな有能な冒険者を失うわけにはいかない。なにか打つ手はないのかと辺りを見回して、目に入ったのは先ほど採掘した風の魔鉱石だった。

「っ！　これがあれば！」

「な、なにをする気だ！」

猛ダッシュでアルの横をすり抜けて、地面に落ちている魔鉱石の入った袋を手にする。

だが、その動きを巨大猿型モンスターに勘づかれた。

「ほあっ！　ほあああっ！」

雄叫びをあげながら、モンスターは僕を狙って跳躍。そのまま僕たちの進行方向に着地し、立ちふさがるような格好となった。

「し、しまった⁉」

こんなにも早くこちらの動きを悟るとは想定外だった。

モンスターは拳を握った右手を勢いよくこちら目がけて振り下ろす。

もうダメだ――たまらず目を閉じた次の瞬間、

「危ない！」

クリフ兄さんの叫び声が聞こえたかと思ったら、体が浮遊感に包まれる。驚いて目を開けると、兄さんが僕を抱きかかえてモンスターの攻撃を間一髪のところでかわしていた。

「に、兄さん⁉」

「怪我はないか、バーニー」

「ぼ、僕はなんとも……でも、兄さんが！」

「かすり傷だ。こんなものは慣れっこだよ」

嘘だ。

痛みを和らげるためか、クリフ兄さんはぎゅっと歯を噛み締め、耐えていた。負傷した右腕からは出血をしており、その量はどんどん増えていく。

すぐに治療しなければ、兄さんの命が危ない。

「この野郎！」

ジョゼフさんは僕たちを助けるため、モンスターに向かって煙幕玉を投げつける。

気休め程度の目くらましなのだろうが、これで少しは時間稼ぎができるはずだ。

「クリフ⁉　大丈夫なの⁉」

顔面蒼白となったペティさんが兄さんへと駆け寄り、小瓶に入った液体状の回復薬を負傷している右腕へとかけていった。

「心配しなくても大丈夫だ、ペティ」

「いいから黙って治療されていなさい！」

テキパキと包帯を巻き、止血まで完了させたペティさん。さすがは冒険者。こういうのも手慣れたものだ。

「よし。おまえたちはこの煙に乗じて王都へ急げ。俺は——」

ジョゼフさんが言い切るよりも先に、突然周囲を覆っている煙が突風とともに吹き飛んだ。

僕たちは身をかがめて突風をやり過ごすものの、それが発生した原因を知って絶望感に苛まれた。あの巨大猿型モンスターが勢いよく息を吐き出し、煙幕を消し去ったのだ。

「な、なんてヤツだ……」

こちらの策はあっさりとひっくり返され、再び窮地へと追い込まれる。

——迷っている時間はない。

みんなが無事に王都へ戻るためにも……僕の魔道具であのモンスターを倒す。

決意を固めると、持っている袋へと手を突っ込み、ありったけの魔鉱石を引っ張り出す。さらに、周りに落ちていた木の枝や石をかき集め、すべてを素材にしてジョブの能力を発動させる。

「っ!? な、なにをする気だ、バーニー!?」

怪我の痛みに耐えて臨戦態勢に入っていたクリフ兄さんは、僕の両手から放たれている光を目の当たりにして硬直。

兄さんにとっては、見覚えのある光だろう。

かつて、鍛錬の最中に折ってしまった木剣も。アルを救うために翻訳スカーフを作った際も、今とまったく同じ光が僕を包んでいたからだ。

「な、なにを作ろうとしているんだ……？」

「みんなを助けられる魔道具だよ」

手短に返すと、僕は意識を自分の両手に集中させる。

……分かるぞ。バラバラだった素材たちが、能力発動の際に込めた魔力によって徐々にひとつとなっていくのが。

だが、予想よりも時間がかかりすぎた。あの猿型モンスターが、魔道具が完成するまで放置しておくはずがない。案の定、敵はこちらへと飛びかかろうとした――が、凄まじい斬撃が猿型モンスターを襲う。

「ほぎゃあああああああっ！」

痛みに暴れ回るモンスター。

すると、十メートルほど離れた場所になにかが落ちた。

あのモンスターの指だ。

さっきの斬撃によって吹き飛ばされたのか。

「しょうがねぇ。こうなったら腹を括るか」

そう言ったのはジョゼフさんだった。愛用している剣先が血で赤く染まっていることから、さっきの斬撃は彼が放ったようだ。

「バーニー、その魔道具はいつできる⁉」

「えっ？」

「さっきの一撃が俺の限界だ。二度目は大幅に威力が落ちるだろうからな」

よく見ると、ジョゼフさんの剣は刃こぼれを起こしていた。

恐らく、同じように全力で攻撃を叩き込めば真っぷたつに折れてしまうだろう。

「悔しいが、あのモンスターを止める手立てはもう残っていない。おまえたちが王都へたどり着くよりも早く、ヤツは俺を仕留めて狙いをおまえたちに絞り込むだろう。つまり、このままでは全滅は免れない。なら、おまえの魔道具に賭ける！」

「俺もそれがベストな選択だと思います」

クリフ兄さんがジョゼフさんの案に乗っかる。

「ジョゼフさんの言う通り、このままでは全滅は時間の問題です。討伐しか生き残る道はありません」

「なら、あたしもバーニーを信じるわ！」

「きっと、バーニーを信じることが最適解であろう。かつて吾輩の窮地を救ってくれた君の【魔道具技師】としての資質が、きっともう一度奇跡を起こしてくれるはずだ」

「み、みんな……」

ついにはペティさんやアルまでもが僕の魔道具に委ねる覚悟を決めたらしい。

時を同じくして、猿型モンスターが落ち着きを取り戻し、指を切り落としたジョゼフさんに向かって怒りの咆哮をあげる。

「こうなりゃ全員で魔道具が完成するまでの時間を稼ぐぞ！　どれくらい必要なんだ⁉」

「一分もあれば使用可能になります！」

「よし……」

先手とばかりに、まずはジョゼフさんが仕掛けた。モンスターの方も標的を絞っているようで、クリフ兄さんたちには目もくれずに突進していく。こうして生じたわずかな時間で、なんとしても魔道具を完成させなくてはならない。

プレッシャーを感じつつも、全神経を注いで魔道具作りに取り組む。

「あと少し……あと少しだ……」

両手を覆う光の中で、素材が僕のイメージ通りに形を変えていく。

そして——ついにその時を迎える。

「っ！　これだ！」

光がなくなり、頭の中で思い浮かべていた形とまったく同じ物が僕の手の中に現れた。

風の魔鉱石を中心に、その場に落ちていた素材だけで作りあげたのはバズーカのような筒状の武器だった。

名付けて魔導砲。初挑戦かつ急ピッチで仕上げた割には、いい出来だと思う。

「来てくれ、アル！」

この武器であのモンスターを倒すため、僕はアルを呼び寄せる。敵に近づくには、どうしても速い足が必要だからだ。

颯爽と僕の前にやってきたアルの背中へと、すぐに飛び乗る。

「その武器はいったいなんなんだ？　大砲のようにも見えるが……それにしては砲身が細すぎるし」

「役目としては大砲と同じさ。ただ、子どもの僕でも手で持って移動できるよう、軽量化にこだわっているけどね。――話はここまで。さあ、あのモンスターの正面に回ってくれ」

「分かった！」

僕の指示を受けたアルはさらに加速。

途中、クリフ兄さんとペティさんに離れているように告げて、さらに接近を試みた。

「無茶をするなよ！」

「危険だと判断したら戻ってきなさいよ！」

「分かった！」

ふたりの声を背に受けて、攻撃しやすいモンスターの正面へと回り込む。

厄介なのは、相手が動き回る戦い方を得意とするスピードタイプである点。こちらの攻撃を察知される前に、ケリをつけなくては。

ジョゼフさんとモンスターは未だ交戦中――いや、交戦よりもモンスターの猛攻をなんとか回避し続けているというのが正しい表現か。ともかく、そのおかげでこちらの接近に気がついてないようだ。

この機を逃すわけにはいかない。

魔鉱石の数からして、放てるのは一発のみ。

慎重に狙いを定めるが、より確実に相手を倒すために、おびき寄せる作戦に打って出る。

「こっちだ！　こっちにもっと狙いやすい獲物がいるぞ！」

暴れ回る巨大猿型モンスターを目がけ、大声で挑発。

狙い通り、敵の狙いはこちらへとすぐに変わった。さっきから戦闘続きで興奮状態になっているから、挑発にも引っかかりやすくなっているな。

「お、おい！」

ジョゼフさんはやめろと叫ぶが、モンスターは止まらない。物凄い勢いで突進してくる。

「まだだ……」

その迫力に圧倒されるが、倒すにはまだ距離が足りない。

もっと。

もっと近づいて――今だ！

「くらえ！」

魔導砲から放たれる光。それは、風属性の魔力を凝縮させた魔力製の矢だった。

真っ直ぐに伸びていく魔力の矢はモンスターの腹部を貫通。体に大きな風穴が開いたかと思うと、ズシンと重量感ある音を立てて倒れた。

「やったのか……？」

目の前で倒れているモンスターの巨体を眺めながら、放心状態となる僕。

だが、頭を強く撫で回される感覚をきっかけにハッと我に返った。

「よくやってくれた！」

頭を撫でていたのはジョゼフさんだった。

「これまでに見たこともない武器だけど、凄い威力だったな！」

「こ、これは僕が考案したもので、魔導砲と名づけました」

実際に作ったのは今日が初めてだったけど、構想自体は前からあった。

圧倒的な素材不足に悩まされて実現できていなかったが、こうして日の目を浴びることができたし、なにより、みんなを守れたっていう事実が一番嬉しい。

すぐにクリフ兄さんとペティさんも合流し、「よくやった！」と手荒い祝福を受けたのだが、
一方でジョゼフさんはモンスターの亡骸の前に立ってなにやら考え事をしているようだ。

「こうなると、問題は事後処理だな」

ため息交じりにそう漏らす。

「事後処理って、どういうことですか？」

「ここは危険モンスターが生息していない場所としてギルドにも認知されていて、今回のように、冒険者になったばかりだったり、これから冒険者を目指す者たちが腕を試す場として重宝されているんだ。無難にクエストをこなせる場所は、それはそれで役割ってものがあるのさ」

「なるほど。だから今回の件を報告して、僕らのような人たちが入らないように注意を促すというわけですね」

「ご明察。けど、正直、ここを手放すのはギルドとしても惜しい。なにせ、五年の間に信じられないくらい高騰した魔鉱石をほぼノーリスクで採掘できる場所なんて、他にはないだろうからな」

僕も真っ先にそれを思い浮かべた。

今回はなんとか魔道具が完成し、うまく作動したから助かったものの、仮に別の駆け出し冒険者だったらどうなっていたか……あまり想像したくないな。

現状を分析し終えたジョゼフさんの表情は晴れない。

まだ腑に落ちない点があるようだ。

「他に気になるところが？」

「そこに勘づくとは、なかなかいい観察眼を持っているじゃないか。……あのモンスターは恐らく自然発生したわけじゃなさそうだ」

「ど、どういう意味ですか？」

「どう表現したらいいのか困るのだが……どうにも、こいつには違和感がある」

「違和感？」

「煙幕への対応や標的を絞り込んでの攻撃……モンスターにしちゃあ頭がキレる――いや、不自然なまでにキレすぎるんだよ。それに、俺たちの戦いを遠くから見ていたヤツもいたみたいだしな」

「えっ⁉」

戦いを見ていたって……なぜだ？　なにを目的にそんなマネを？

「これについてはクリフやペティも途中から気づいていたんじゃないか？」

「えぇ」

「なんだかねちっこい視線だから気になって仕方がなかったわ」

「吾輩も臭いで別の人間がこの戦いを見ているのは知っていた」

さらにアルまでも。気づいていなかったのは僕だけなのか。

「まあ、そいつが今回の事件に関与しているかどうかまでは言及できん。ただ単に偶然居合わせたけど助けに入る余地さえなかったってパターンかもしれんからな」

「冒険者見習いの多い採集クエストを達成させる者が集う場所である以上、そちらの可能性も十分ありますね」

　そういう見方もできるか。

　僕はてっきり、誰かがあのモンスターを僕たちにけしかけたとばかり……でも、そうする理由がまったく分からないし、そもそもあんな獰猛なモンスターを手懐けて意のままに操るのは不可能だろう。

「ともかく、ここをすぐにでも離れよう。あいつ一体だけとは限らないからな」

「は、はい」

　ジョゼフさんの言うように、長居は無用だ。

　とりあえず、僕たちを襲ったモンスターは倒したけど、他にも同じタイプのモンスターが潜んでいるかもしれない。

　すぐに帰り支度を整え、急ぎ足で王都へと帰還することとなった。

　初の冒険者クエスト……達成はできなかったけど、自分の作った魔道具でみんなを守れた。

　そっちの方が、僕にとっては大きな収穫となったのだった。


　大急ぎで王都へ戻ると、すぐにギルドへ今回の件を報告。

「そいつは穏やかじゃねぇな……」

話を聞き終えたザックさんは、朝に顔を合わせた時より怖さ三割り増しの表情をしていた。

ロドニオ渓谷で魔鉱石の採集クエストができなくなるのは冒険者たちにとっても死活問題であった。

長くキャリアを重ねてきたザックさんだからこそ、その重大さをよく理解している。

「あの辺りは五年前に魔毒騒動があったな。そいつの影響でモンスターがおかしくなっちまったのかもしれねぇ」

「お頭、もしそうだとしたら……間違いなく魔法兵団が出張ってきてあの一帯を立ち入り禁止にしますよ？　――元通りになる日は未定のまま」

「仕方ねぇよ。放ったらかしにして被害が増えたら事態はもっと悪い方向へと流れちまうからな。まあ、祈るしかねぇさ」

悲しげに語るザックさん。

あの森――僕らが魔毒の件を報告してから五年が経つけど、未だにあそこは閉ざされたままとなっている。

ザックさんをはじめ、すべての冒険者はロドニオ渓谷が立ち入り禁止になるのだけは避けたい事態だろうが、だからといって魔法兵団にこの件を知らせないわけにもいかない。

ギルド内では瞬く間にロドニオ渓谷の件が知れ渡った。

多くの冒険者は今後の稼ぎについて話し合っている。中には拠点を変えようという話まで出ているところもあった。

「王都からいくつかパーティーがいなくなるかもしれないな」

クリフ兄さんは寂しそうにギルドを見回していた。他の冒険者たちは、同業者として競い合う間柄で、例えるならライバル関係と呼ぶのが適切だ。いがみ合っているわけではなく、時には協力して達成困難なクエストに挑戦しているのだ。

実際、兄さんもパーティーは違うけど顔馴染みの冒険者が多数いる。夕食の際にいろいろと話をしてくれたけど、アドバイスをくれるいい人たちが多いと嬉しそうだった。

……でも、そんな光景もこれから減ってしまうかもしれない。

僕たちには、魔法兵団が事件を解決してくれるのを待つことしかできない。

だけど、どんな形であれ事件解決のために少しでも力になれたらと思った。

◇◇◇

ロドニオ渓谷での件が魔法兵団の耳に届くと、ザックさんが懸念していた通り、ゾリアン大臣によって辺り一帯への立ち入りは全面禁止にすると発表された。

これがきっかけとなり、いくつかのパーティーが王都を去る決断を下して去っていく。中には父さんの工房を贔屓にしてくれていた人たちもいたので、うちにとっても大きな打撃となった。

この決定に、ザックさんは「ゾリアンの野郎は大袈裟なんだよ」と愚痴っていた。後からジョゼフさんが教えてくれたけど、大臣はエリート思考が強く、冒険者を底辺の者として見下しているらしく、貴重な魔鉱石をダンジョンから持ち帰って売りさばく冒険者を前からよく思っていないという。

ギルドから納められる税金の額を上げようとするなど、なにかと対立しようとする動きが見られるらしい。

悪影響はそれだけにとどまらない。冒険者たちがよく利用する食堂や宿屋にも経済的な痛手となっており、店を畳む者まで現れ始めている。

五年前の森から始まった魔毒絡みの事件は、王都に深刻な影を落としつつあった。

第四章　王立学園へ

ロドニオ渓谷の事件から二ヵ月が経った。

心なしか、王都の活気は以前よりもなくなっているように思える。

ザックさん率いる《陽炎》のような経験と実力があるパーティーならばそれほど問題にはならないのだが、駆け出しの若手たちを中心としたパーティーは新たな拠点を求めて去り、王都のパーティーは今も減少傾向にある。

若い力がなくなれば、いずれは枯れ果てる。

最近、ザックさんが寂しそうな顔で僕にそう教えてくれた。

父さんの工房は冒険者たちの協力があってなんとか売り上げを保っていたが、最近は新しい大口の常連客ができたおかげで持ち直した。

今日はそこへ出来上がった品を運ぶ手伝いをするため、早朝から忙しなく工房と家を行ったり来たりしている。

「注文を受けた物はこれで全部だな」

荷台に積まれた品々をひとつずつ確認すると、父さんはひと息つきながらそう漏らす。

しかし、凄い量だな。こんな大仕事はここ数ヵ月記憶にない。おかげで利益は大きいのだろうけど……本当にありがたい限りだ。

「バーニー、アル、準備はいいか？」

「大丈夫だよ」

「いつでも問題ない」

「よし。そろそろ出るぞ」

僕とアルは父さんに促され、荷台の空いたスペースへ乗り込む。

ちょっと狭いけど、これも仕事のためだ。

「窮屈かもしれないが、学園まではすぐだからな」

「平気だよ、父さん」

「いい子だ。帰りに中央通りでケーキでも買って帰ろう」

「やった！　母さんもきっと喜ぶよ！」

――と、いうわけで、向かっている先のうちの工房の新しい常連客とは、ルシル姉さんが通っている王立学園だった。

事の発端はおよそ一ヵ月前まで遡る。

突然工房を訪ねてきた学園からの使者に、生徒たちが使う鍛錬用の武器やアイテムを作ってくれないかと依頼されたのだ。

最初にこの話を聞いた時、僕と父さんは思わず顔を見合わせた。

なにせ、ルシル姉さんを除けば、うちの学園にはなんの接点もなかったからだ。

——だが、そのルシル姉さんこそがキーパーソンであった。

今回の依頼主は、王立学園のトップに君臨するリージェル学園長なのだが、彼女がカールトン工房を知った理由はルシル姉さんにあった。

学園長がたまたま魔法の実戦形式演習を視察した時、参加していたルシル姉さんが愛用している父さん手製の杖に強い関心を持った。終了後にわざわざ姉さんのもとを訪れ、実際に使ってみて驚いたらしい。

なぜなら、父さんの作った杖は手にした者の魔力を高め、おまけに非常に扱いやすいという利点があった。これは魔法を学ぶ者が多い王立学園の生徒たちにとってはまさに理想とする杖の姿そのものだったのだ。

しかし、量産はできないと父は使者に伝えた。

すると、数日後には可能な限りでいいから杖を購入したいと返事が来る。

そこで父さんは大量の杖を持って学園に直接交渉へ行くこととなり、それが今日というわけだ。

王立学園があるのは王都の東区。

行政機関のある西区と同様に、運河にかかる橋を渡って東区へと入るのだが、ここでも厳しい荷物検査と本人確認を行う。特に最近はロドニオ渓谷の事件もあり、厳戒態勢となっているようだ。

長いチェックが終わると、ようやく許可が下りる。東区は関係者しか立ち入れないためか、商業区とは違って人が少なく、とても静かな場所だった。

「なんだかここだけ別の国みたいだ……」

「うむ。他の場所とは雰囲気が異なるな」

「学生しかいないからな。ある意味では正解かもしれんぞ」

父さんは笑いながら言う。

よかった。

冒険者たちが王都を去るようになってから、ずっと元気がなかったからな。普段、あまり感情を外に出す性格じゃない寡黙なタイプなので気づきにくかったけど、なんとなく察せられるくらいには落ち込んでいた。

でも、今は自然に笑えている。

僕もホッとしたよ。

しばらく進んでいくと、豪勢な門が見えてきた。

どうやら、あれが学園内へと続く校門ってことらしい。

すぐ近くには建物があって、僕たちが近づくとそこから武装した守衛と思われる男性ふたりが出てきた。

物々しい空気を漂わせながら近づいてくるふたりに思わず後ずさりをしてしまうが、対照的に父さんは手を差し出しながら近づいていった。

「やあ、久しぶりだな、ウィル」

「おまえの方こそ、元気そうでなによりだ」

ふたりのうち、小太りの中年男性と親しげに話す父さん。あまりにも仲良さげに話しているので茫然としていると、こちらをちらりと見て続けた。

「そういえば、まだ紹介をしていなかったな。彼は元《陽炎》のメンバー……言ってみれば俺の元同僚なんだ。ウィル、こいつは息子のバーニー。おまえとは初対面だったよな」

「はじめまして、バーニーです」

「おう。よろしくな、バーニー」

笑顔で挨拶を交わす僕とウィルさん。

それにしても、意外な接点だった。

こちらのウィルさんはもともと《陽炎》の一員としてザックさんやジョゼフさんたちとダンジョン探索をしていたが、自らの限界を悟り、パーティーを脱退した今では、冒険者時代の腕っぷしを買われて学園の守衛を務めているとのこと。

「君のお父さんは冒険者として見込みがあったんだがねぇ……奥さんと子どものために引退するって宣言した時は驚いたよ」

「そうなんですか？」

「まあな。でも、その判断は間違いじゃなかったようだな」

ウィルさんが目配せすると、父さんは照れくさそうに頷いた。

……やっぱり、家族想いだよなぁ。ふたりに対する接し方を見てそう思った。

「だが、今は工房もなにかと大変だろう？」

「冒険者離れや物価の高騰……避けられない事態とはいえ、正直痛いが、この学園が俺の作ったアイテムを欲しいと言ってくれてね」

「おおっ！　だから来客リストにおまえの名前があったのか！　てっきり、俺は娘のルシルの件で呼ばれたのかと」

「ルシルがどうかしたのか？」

父さんは食い気味にウィルさんへと迫るが……僕も気になる。

あのルシル姉さんが、親を呼び出されなければならない事態に陥っているとでもいうのだろうか。

「勘違いをさせてしまって申し訳ないが、なにも心配する必要はない。先日、模擬試合の連勝記録を更新し、学生会で表彰されていたからその件じゃないかなって」

「そ、そうなのか……」

悪いニュースではないと知り、ホッと胸を撫で下ろす父さん。

……しかし、相変わらず凄いな、ルシル姉さんは。

卒業生は騎士団や魔法兵団に所属する者がほとんどだ。貴族の令嬢や子息以外の進路は大体そのふたつのどちらかだし、それを想定して才能のある若者を平民から集めているのだ。

そんな猛者揃いの中でも、ルシル姉さんは屈指の実力者として知られていた。

今年で十二歳になる姉さんは、自分よりもずっと年上の生徒を相手にしても勝ちまくっている。これについては長期休暇で実家に戻ってきた際、本人が口にしていた。

優しくて可愛い上に、生まれ持ったジョブは超激レアな【大魔導士】――これだけ揃うとさすがに学園の男子たちは黙っていないだろう。

特に、王立学園には貴族の子息も多く通っている。

平民である姉さんをどこまで意識しているかは分からないが、虎視《こし》眈々《たんたん》と懐に入り込もうとしているのかもしれない。もしそうなったとして、姉さんが実家に「恋人よ」って貴族を連れてきたら、みんなどんな反応をするだろう。

――起きてもいないことに頭を使うのはよそう。

ともかく、ウィルさんとの談笑を終えた父さんは来客リストにサインして、学園の敷地内へと足を踏み込んだ。

真っ先に僕らを出迎えたのは、手入れの行き届いた庭園だった。

「す、凄い……」

「これは見事な……」

アルの背中に乗って移動しながら、目の前の光景から目が離せない。

庭園のあちこちに赤、白、黄、青といった色鮮やかな花々が並び、真ん中にある噴水では数羽の小鳥が楽しげに水浴びをしていた。

なんて幻想的なのだろう。ここまでにするのは相当な手間暇をかけているはずだ。

もっとじっくり眺めていたいのが本心ではあるが、今回は遊ぶためにわざわざ学園へ足を運んだわけじゃない。

あくまでも目的はビジネス。ルシル姉さんに会いたいって気持ちがないわけではないのだけど……まあ、そう思うくらいセーフだろう。

校舎に着くと、三人の教職員が出迎えのためにやってくる。

彼らは馬を学園所有の厩舎で預かり、ついでに荷台の荷物もすべて下ろしておくから学園長へと挨拶へ行ってくれと言う。

「では、すぐに学園長室へと向かいます。――バーニー、おまえはどうする？」

「へっ？」

父さんからいきなりそう尋ねられ、思わず間の抜けた声が出てしまう。

「まだ子どものおまえに、俺と学園長の話はきっと退屈だろう」

そこまで話すと、父さんの視線は教職員の方へと移動。

「もしよろしければ、彼に学園内での自由行動の許可を与えていただきたいのですが」

「いいですよ。――でも、これだけは守ってください。学園内は非常に広大ですので、迷子になると捜すのが難しいです。なので、探索をするにしてもこの近く限定でお願いします」

「ありがとうございます。私の方からよく言って聞かせますので」

なにやらふたりの間で交渉が成立した。

正直、父さんと学園長の話も気にはなるが……これについては後からじっくりと聞かせてもらうとしよう。

父さんに学園でのルールを教わり、同時にお昼ご飯として母さんが用意してくれた弁当を渡してもらった。

「長引くかもしれないから、先に食っていていいぞ」

最後にそれだけ告げると、父さんは学園長室のある中央校舎へと歩き出した。

さて、せっかく自由の時間をもらったんだ。

いろいろと見て回りたい箇所はあるけど、まずはさっきの庭園に行ってみるとしよう。

「行こう、アル」

「やれやれ……子守りは疲れるな」

む？　人を子どもだと思って――って、今の僕はどこからどう見ても完全に子どもだった。

前世の記憶がある分、大人としての感覚も残っているので複雑ではあるけど。

気を取り直して、僕はアルの背中に乗って来た道を戻っていく。

さっきの庭園まで、距離はそんなにないはずだ。

この予想はピタリと当てはまり、わずか数分で到着——と、ほぼ同時に、鐘の音が学園中に響き渡る。

「ビ、ビックリした……時計塔の鐘かぁ」

敷地内に入った時からずっと気にはなっていた。

とても大きくて目立つ学園の時計塔。

家にいても毎日聞こえるので、僕らの生活に大きく役立っている。

「いつもは遠くから音が聞こえるだけだからあまり意識をしていなかったけど……こんなに大きな建物だったんだ」

「だが、あちこち苔が生えていたり、ひび割れていたりする場所もある。相当年季の入った建物のようだな」

神獣のアルでさえ驚愕する学園の時計塔。

ぜひとも中に入ってみたいのだが……さすがに黙って入るのは気が引ける。変なことをして父さんの評判を落とすような事態になるのは避けたいし、ここは大人しく撤退しておくべきだろう。

時計塔を横目に進むと、庭園近くのベンチに三人の女子生徒が座っていた。

さっきのベルは午前の授業終わりの合図で、きっと昼食を食べに来たんだな――と、勝手に予想していると、三人のうちのひとりはよく知っている人物だった。

「ルシル姉さん⁉」

「えっ？　バーニー？」

突然の来訪にビックリしたのか、姉さんは凄い勢いで立ち上がった。その拍子に膝へと置いていた昼食のサンドウィッチがこぼれ落ちそうになったが、両サイドに座る女子生徒ふたりがナイスキャッチ。ことなきを得た。

姉さんは友人たちへお礼を言ってから、改めて僕へと向き直る。

「ここでなにをしているのですか、バーニー」

「父さんの仕事の手伝いだよ」

「パパの？　つまり工房の……なるほど。学園がパパの工房に武器やアイテムを発注したわけですね」

さすがはルシル姉さん。わずかな情報から適切に状況を分析している。

「以前、リージェル学園長が私の杖に興味を持ってくださって、いろいろと質問をされたのですが……まさかパパの工房に注文するまでの事態になるとはさすがに想像できませんでしたね」

「父さんは姉さんのおかげだって言っていたよ」

これは最近の父さんの口癖でもあった。

ルシル姉さんが学園で輝かしい活躍を続けてくれているから、学園長の目に留まって注文が来たのだと。

けど、当の姉さんは「違います」と首を横に振った。

「そんなことはないと思うわ。パパの作る武器やアイテムの素晴らしさは、たとえ私が手にしていなくてもいずれ国中に知れ渡っていたはずです」

そうかもしれないけど、一躍注目の的になったのは間違いなく姉さんの功績が影響を及ぼしている。姉さんの性格からして、頑なに認めないだろうが。

「そういえば、ロドニオ渓谷で起きた件は私の耳にも届いていますよ。クリフ兄さんやペティさんだけでなく、あなたも随分と活躍したそうですね」

「あっ！　それあたしも聞いた！」

「私も！」

姉さんのひと言がきっかけで、新たにふたりの女子生徒が会話へと正式参戦。

「噂で聞いたんだけど……弟くんが魔道具をその場で作ってモンスターを倒したって話は本当なの!?」

「は、はい」

「「すっごぉい！」」

僕としては真実を語っただけだが、これが女子ふたりの心に突き刺さったらしい。

さらに女子たちを夢中にさせたのがアルの存在だ。

「いやぁん！　もふもふの毛並み！」

「触っても大丈夫かしら……」

「女性の頼みとあっては断れぬ」

「わっ！　本当にしゃべった！」

「ルシルさんから話は聞いていたけど、本当に会話ができるなんて……」

そういえば、僕らもアルと初めて会った時はこんなリアクションだったな。最近ではすっかり王都の人たちも慣れてしまったからちょっと新鮮だよ。

女子たちはロドニオ渓谷の一件で知った僕らのことをさらに熱く語ってくれた。

「こんなに小さな子と愛らしいもふもふが、家族を守るためにジョブの力で立ち向かう……もう小説のワンシーンじゃない」

「それに、ルシルさんのお兄さんって凄くかっこいいって評判だし、弟くんも負けず劣らずの美形……」

「そう！　カールトン家って美形揃いなの！　凄く絵になるなぁ」

「あははは……」

うっとりとした表情で遠くを見つめているふたりに対し、ルシル姉さんは乾いた笑みをこぼしている。この様子だと、姉さんは姉さんで、冒険者として頑張るクリフ兄さんとは違った面で苦労が多そうだ。

しばらくの間、僕らは姉さんたちと一緒にランチタイムを楽しんだ。

ベンチは定員オーバーのため、アルの背中を借りるとしよう。

「こぼさないように気をつけよ」

「大丈夫だって。はい、ミートボール」

「むぐむぐ……うむ。やはりドロシー殿のミートボールが一番美味だな」

昼食をとっている間も、僕らはなにげない会話で盛り上がった。

「授業が終わったら、またみんなで勉強会をしましょうか」

「賛成！　ルシルさんの教え方上手だから助かるわ！」

「私、今日は環境委員の仕事で農園の見回り当番だから少し遅れるわね」

「この学園って、農園もあるんですか？」

気になって尋ねると、ルシル姉さんの友達はいろいろと教えてくれた。

「えぇ。最近は麻酔効果のある薬草を育てているみたい」

「先生の話では苦戦しているっぽいけどね」

「へぇ」

興味深い話も聞けてとても楽しい時間だったけど、だからこそ終わるのが早い。

「ここにいたのか、バーニー」

学園長との話が終わり、父さんが迎えにやってきたのだ。

「パパ！」

「おぉ、ルシルが面倒を見てくれていたのか。ありがとう」

「面倒もなにも、バーニーはずっと大人しくいい子にしていましたよ。ねぇ？」

ルシル姉さんが友人ふたりに同意を求めると、両者とも首を激しく縦に振る。なんで無言なのかと気になっていたが、「お父さん……めちゃくちゃダンディ」という言葉が聞こえてきたことで理由が判明する。

……ここに母さんも来ていたら卒倒していたかもな。

とにかく、姉さんが楽しそうに学園生活を送れているようでなによりだ。

いつも長期休暇で家に戻って来た時は『学園生活は楽しい』と報告してくれるけど、こうして目の当たりにするとより実感できる。

「今度は夏の長期休暇か」

「まだもうちょっとあるけど、必ず帰ります」

「ああ。母さんと一緒に待っているよ」

相変わらず無表情で口数も少ないけど、父さんもルシル姉さんに会えて嬉しいみたいだ。

僕たちは姉さんと友人ふたりに別れの挨拶をし、帰り支度を始める。

まずは馬を預けている厩舎へ行かないと。

迷子にならないようついていくが、不意に父さんの足が止まった。

「どうかしたの？」

「うん……あそこにいる牛なんだが」

「牛？」

なんだってまた学園に牛が？　畜産科でもあるのかな。

そんな軽い気持ちで父さんの視線を追ってみると……想像を超える事態が発生していた。

まず、父さんの言う牛というのは厳密には牛型のモンスターであった。一般的な成牛よりも遥かに大きく、五メートルはあるだろうか。あり得ないほど歪に曲がりくねった角と真っ赤な瞳は明らかに常軌を逸している。

「ど、どうして学園にモンスターが……？」

「研究用だろう」

事もなげに父さんは答える。

「け、研究用って……」

「ここでは学園を優秀な成績で卒業した生徒たちを中心とした研究グループがあるらしく、対モンスター用の魔法兵器を開発しているらしい」

大学院生みたいな感じなのだろうか。ともかく、いくら研究用とはいえ、学園の敷地内でモンスターを扱うのはどうかと思うというのが第一印象であった。

なんだか猛烈に嫌な予感がしてきたので、そろそろ厩舎へ行こうと父さんに提案しようとした、まさにその時であった。

「もおおおおおおおおお！」

突然、牛型モンスターが暴れ出したのだ。

「あ、危ない！」

「バカ！　逃げるんじゃない！」

ひとりの学生が離れると、相手が逃げたと思い込んだ牛型モンスターはさらに激しく暴れ始める。

「まずいぞ！　あそこまで興奮していてはそう容易《たやす》くは止められん！」

一瞬のうちに、周囲は大パニックへと陥る。リーダーとおぼしき緑髪の青年が催眠魔法をかけようとする――が、まるで効果がない。

近くにいた学生の話によると、さっきまでは大人しく眠っていたのだが、突然目を覚まして暴れ出したらしい。

さらに興味深い発言を耳にする。

「でも、どうして催眠魔法が効かないんだ？」

「まったくだ。こいつに魔法を無効化させる力なんてないはずなのに」

「パワーも捕獲した時よりも上がっているぞ！」

まとめると、捕獲時よりもモンスターとしての厄介度が爆上がりしているらしいのだが、そんなことってあり得るのか？

ともかく、もはや自分たちの手には負えないと判断した数名の学生が、教師を呼びに校舎へと走っていく。それを見た父さんはこちらを振り返った。

「バーニーはアルと一緒にこの場から離れるんだ」

「父さんは⁉」

「この状況を放ってはおけんだろう」

「き、危険だよ！」

学生たちは魔法の力で牛型モンスターを抑え込んでいるが、解き放たれるのは時間の問題だろう。一刻も早く避難をしなくちゃいけないのに……父さんは学生たちの力になろうとここへ残る決断を下したようだ。

実に父さんらしいけど、息子としてはこのままってわけにはいかなかった。

なんとかしなければ……必死に考えを巡らせた僕は、先ほどの姉さんたちとの会話を思い出し、近くにいた学生に声をかける。

「すいません！　農園はどこにありますか！」

「へっ？　こ、この状況でなにを」

「いいから教えてください！」

議論を交わしている暇はない。

こちらの迫力が伝わったのか、学生は東校舎の方向を指さした。

「ありがとうございます！　――アル！」

「なんだ！」

「父さんの手助けをする！　ついてきてくれ！」

「おう！」

たとえ元冒険者であっても、さすがに父さんと学生たちだけであのモンスターを大人しくさせるのは難しい。

そう結論づけた僕は、ズボンのポケットに入れておいた魔鉱石を握り締めて農園を目指す。

こいつは慢性的な魔鉱石不足となる前にこっそり購入して、いざって時のためにとっておいた物だ。

これから探すのは、さっきルシル姉さんとその友達との会話の中に出てきた麻酔効果のある薬草だ。

農園に到着すると、ちょうどタイミングを同じくして作業中だった学生たちが一斉に外へと出てきた。先ほどのモンスターが暴れているという一報が入り、避難のために農園を離れたのだ。

「ま、待って！」

誰もいなくなった農園に取り残される。

できれば許可を取っておきたかったんだけど……さすがに無断で持っていくのは気が引けてしまう。

――でも、今はそんなことを言っていられない非常事態だ。

心の中で謝りながら農園で育てられている麻酔効果のある薬草を見つけると、素材として必要な量だけを手に取ってアルの背中に飛び乗る。

「アル、急いで父さんたちのもとへ戻ってくれ！」

「任せるがいい！」

駆け出したアルの背中で、僕はジョブの能力を発動させる。

素材は薬草、魔鉱石、あと道端で拾った石と木片。

全速力のスピードに振り落とされないよう注意しながら、僕は前世の世界で見たある物をイメージし、この世界で再現するため、素材を合成していく。

この手の事件は、前世でもニュースになっていた。

そうした事態に陥った際、人間が取る手段のひとつ――麻酔銃の使用だ。

「できた！」

魔導砲を作り上げた経験があるためか、今回は前回よりも短時間のうちに完成した。

名付けて「魔銃」！

……ちょっと安直すぎるかもしれないけど、一番しっくりくる名前だからこれでよし！

「また新しい武器を作ったのか、バーニー」

「武器とはちょっと用途が異なるからなんとも言えないけど、ある意味では剣や弓より強力かもね」

今回はあくまでも麻酔銃として使用するけど、作り方次第ではもっと殺傷能力を高められてしまう。【魔道具技師】としての能力は非常に万能だ。

素材さえあれば、魔法を使えない者がそれと同じ効果を得られるだけの武器やアイテムを生みだせる。……裏を返せば、これってかなり危険なジョブだなぁという見方もできる。

もちろん、僕としては悪用する気などまったくないんだけど――。

「なにか考え事か、バーニー」

「っ！　な、なんでもないよ」

「ならばいいのだ。そろそろ目的地に着くぞ」

「う、うん」

そうだった。余計な思考は後回しにしなくては。

気を引き締めて現場へと戻ってきた僕が目の当たりにしたのは、絶望的な光景だった。

教職員も加わり、十人以上がモンスターを取り囲んでいるが、勢いは衰えるどころかさらに激しさを増している。

どうやらまだ怪我人は出ていないようだけど、あの様子では時間の問題だな。

「アル、もっとあいつに近づいてくれ」

「この前の大猿と同じ手でいくのか？」

「今回は倒すんじゃなくて大人しくさせるだけだよ」

「どうせなら倒した方がいい気もするが……君の判断に任せよう」

「ありがとう、アル」

麻酔銃を構えながらそんな会話をし、呼吸を整えてから牛型モンスターへと突っ込んでいく。

「バーニー!?」

横切っていく僕らに父さんから「危険だ！」と声をかけられるも、そこで足を止めるくらいじゃモンスターに立ち向かっていこうって決断は下せない。

そのまま突っ走っていき、数メートル手前まで接近。

あの巨体を相手にこの至近距離――絶対に外さない！

「いっけぇ！」

麻酔銃の引き金に添えた指に力を入れる。

次の瞬間、「ドン！」と衝撃音が聞こえ、モンスターへと視線を移す――と、その巨体には僕が放ったダーツ型の弾が突き刺さっていた。

「よし！」

アルの背中から飛び降りてガッツポーズをしながら成功を喜ぶも、周りはなにが起きたのかと状況が呑み込めていないようだ。

みんなに詳しい事情を話そうとしたら、急に辺りが暗くなった。

直後、「危ない！」と学生のひとりが叫ぶ。

そこで、僕は自分の身に降りかかっている危険にようやく気がついた。

麻酔によって意識を失った大型のモンスターがこちらへ倒れてきていたのだ。

「あっ⁉」

声を出した時にはもう手遅れだと悟り、祈るように目を閉じたのだが、いつまで経ってもなにも起きない。恐る恐る目を開けてみると、そこには信じられない光景が広がっていた。

なんと、牛型モンスターの巨体が空中で停止していたのだ。

「ど、どうして……」

困惑していると、遠くからよく知る人物の声が聞こえた。

「アル！　すぐにバーニーを連れ出してください！」

「う、うむ！」

声の主はルシル姉さんだった。

救出されている途中で知ったのだが、モンスターが動きを止めたのは姉さんの重力魔法のおかげみたいだ。

でも、確か重力魔法って習得が難しくて、魔法の中でも最上位に位置づけられているはず。それを学生の身分でありながら使いこなせてしまうとは……やっぱりルシル姉さんの魔法使いとしての才能は超一流だ。

「まったく……すぐに無茶をするっていう悪い癖はクリフ兄さんに似てしまいましたね」

アルに引っ張られて安全な場所まで移動すると、そこへ姉さんがやってきてため息交じりにそう言った。

どちらかというと、クリフ兄さんの方が危なっかしいんじゃないかな。まあ、ルシル姉さんからすると「どっちもどっち」って評価になりそうだけど。

ともかく、僕の魔道具とルシル姉さんの魔法でモンスター暴走事件は最悪の事態を免れたのであった。

しばらくすると、騒動を聞きつけた大勢の教職員たちが集結した。

詳しい現場の事情を聞きたいらしいので、現場に居合わせた学生たちと一緒に職員室へと向かう——はずだったのだが、僕らだけ別の場所で話を聞きたいらしい。

おまけに、案内されたのはなんと学園長室で、呼び出したのは学園長本人だった。

まさかこんな形でリージェル学園長と初顔合わせになるとは……緊張した面持ちのまま、父さんに続いて入室する。

そこはとても広い空間で、あちこちに数えきれないほどの本棚があって、すべてが魔法関連の書物で隙間なく埋まっていた。

部屋の中心にはこれまでに見たことがないくらい大きな水晶玉が置かれており、時間の経過とともに色が少しずつ変化していく。

「帰る間際に呼び立ててしまって悪かったね」

周りを見回していると、部屋の奥からひとりの老婆が現れ僕たちに声をかけてきた。漆黒のローブを身にまとうその人物を視界に捉えた父さんは深々と頭を下げた。

「いえ、問題ありませんよ、リージェル学園長」

学園長だって？

じゃあ、この人がこの学園のトップなのか。パッと見は優しそうなおばあちゃんって印象を受けるが、紛れもなくこの学園で一番の魔法使い。相当な実力を秘めているはず。

そんな学園長と不意に目が合った。

「この子があんたのもうひとりの息子かい？」

「はい。先ほどもお話ししました、次男のバーニーです」

「ほほう……兄のクリフと同じでいい面構えをしているよ」

リージェル学園長はクリフ兄さんも知っているのか。

「さて、世間話はこれくらいにして――そろそろあんたたちが目撃したすべてを話してもらおうかねぇ」

「では、出くわした際の状況から……」

父さんはリージェル学園長にありのままの事実を語った。

最初は静かに耳を傾けていた学園長であったが、だんだんと表情が険しくなっていく。

すべてを話し終えると、一度大きくため息を漏らしてから、近くにあったイスに腰を下ろして目を閉じる。

「よもや学園内でそのようなトラブルが起きるとは。私にとっても一生の不覚だねぇ」

「そもそも、なぜ学園にあのようなモンスターを？　研究用とはいえ、さすがに獰猛で大型すぎるのでは？」

僕もずっと気がかりだった。

いくら学園に凄腕の魔法使いや剣士が揃っているからといって、無防備すぎやしないか。

ただ、これについては理由があった。

「あのモンスターだが、最初にこの学園へ持ち込まれた時――今朝の七時くらいかね。その頃は一般的な成牛よりひと回りほど小さいくらいのサイズだったんだ。なのにわずか数時間のうちにあれだけの大きさになったらしい」

「妙な話ですな。学園内で急激に成長した、と？」

「最も現実味のある答えはそれだろうねぇ」

にわかには信じられない話だ。

さらにリージェル学園長は続ける。

「実はあのモンスターは、あんたたちがそこにいる神獣と出会った森の近くで捕獲された個体でのぅ」

「あの森で？」

アルと出会い、現在では魔毒の調査のため立ち入りが禁じられているというが……そうか。

魔毒に関する調査の一環で、あのモンスターを捕獲したってわけか。

「あの森の近くにいたのなら、なにか分かるかもしれませんからね。もしかしたら、暴走の原因に魔毒が関係しているのでしょうか……自分で作った魔道具を使って、詳しく調査をしてみたいです」

「おや、この件に興味津々かい？」

「えっ？　も、もちろん」

「ほっほっほっ、さすがはスコットの息子だね。兄と同じでなんにでも関心を持つ。その若さで知識を欲するとはいい傾向じゃないか」

父さんの肩をバシバシと叩き、笑いながらリージェル学園長は言う。

一方、父さんの方は恐縮しっぱなしだった。

「え、えっと……」

「おっと、すまないねぇ。魔毒の件だが、こればっかりは調べてみないことにはなにも分からないのぅ」

申し訳なさそうに尋ねようとした父さんの言葉を先読みして答える学園長。現段階では特になにも判明していないってことか。結果が出るまで、期待して待つとしよう。

「そういえば、あのモンスターを大人しくさせたのはあんたの武器だそうだね。随分と変わった形状をしていると報告が来ているよ」

おっと、すでに話が伝わっていたのか。

以前、ルシル姉さんの使う杖に注目しただけあり、僕の作った魔銃にも関心を持ったようだ。

僕は学園長に言われるがまま、実際に使用した魔銃を渡して使い方を説明する。話を聞く様子は、なんだかさっきのモンスター暴走事件の報告時より熱心な気がした。

「なるほどぉ……大体の仕組みは理解したが、よくこんなの思いついたね」

「そ、それは、僕が使いやすいようにとイメージしたらそういう形状になったんです」

さすがに前世の記憶を参考にしています、とは言えなかった。ややこしい事態になるし、今の生活が一変してしまう恐れがあるからだ。

「ふむ。発想力があるのは父親譲りか」

「いやいや、私などすぐに抜かれてしまいますよ。ここ最近のバーニーの活躍は目覚ましいですから」

師匠とも呼べる存在である父さんからそう評価されるのは素直に嬉しかった。

これを皮切りに、話の内容はモンスターの暴走事件から僕の【魔道具技師】としての実力へと変わる。

どうやら、リージェル学園長は僕が事件を解決するきっかけとなったことを他の教職員から聞き、直接会ってみたくなったらしい。

「【魔道具技師】のジョブは、この国で儀式が行われるようになってから初めて確認されたんだ」

「確かに、鑑定の儀を受けた際、神父様がそう言っていましたね」

「その話は僕も母さんから聞きました」

本当はハッキリと意識があって直接聞いているのだけど、さすがにそれは言えないよな。

「そもそも魔道具というのは修行を積んだ魔法使いのみが作れる物でね。そのためとても高額になるのだが、その性能は凄まじく、熟練の職人ともなるとかなりの厚遇で迎えられる」

「そ、そうなんですね」

実力ある魔法使いしかできないようなことを僕はジョブの能力を借りてあっさりと成し遂げてしまう。これって実は相当凄いんじゃないか？

「とはいえ、とにかく資料が少なくてねぇ。他のジョブと違ってその特性をすべて把握しきれていないんだ」

国内では一例もないって話だから無理もないか。

「関連書物によれば、鍛え方によってさらに素晴らしいジョブとなるらしいからねぇ……それが君のような誠実で研究熱心な少年に授けられたのは実に喜ばしい。中には珍しいのをいいことに悪用する者もいるくらいだからね」

学園長クラスの方にそこまで言ってもらえると、僕も自信になるよ。

「物作り系のジョブには前々から目をつけていてねぇ。学園の伝統として、優先されるのは魔法や戦闘系のジョブだったから今までその手の学生がいないのも理由なんだよ」

言われてみれば、学園に通っている学生たちのジョブってそんなのばっかりだな。

兄さんも【剣士】を持ってはいるけど、これはレアリティ度が低く、数には困っていないという。ただ、ルシル姉さんのような【大魔導士】クラスになると、習得困難な魔法でさえ比較的あっさりと扱えるようになる。

学園――だけでなく、バックに存在する国家としては、身分に関係なくそうした突出した才能を持つ人材をひとりでも多くキープしておきたいんだろうな。

リージェル学園長との話はその後も弾み、大きな鐘の音で一度途切れる。

「おや、随分と話し込んでしまったようだねぇ。もう授業が終わったようだよ」

「わっ！　もう夕方だ！」

窓から覗く空はすでにオレンジ色に染まっていた。

「呼び止めた上に長話へ付き合わせてしまい、本当に申し訳なかったね」

「いえ、とても楽しかったです」

お世辞でもなんでもなく、心からの素直な感想だった。

僕と父さんとアルはリージェル学園長に別れを告げるとすぐに、馬を預けている厩舎へと向かった。

その途中で、多くの兵士を従える人物と遭遇する。

「父さん、あそこにいるのってゾリアン大臣じゃない？」

「む？　本当だな。学園になんの用だ？」

なんだってこんな場所に大臣がと思ったその時、バッチリ目が合った。すると、ゾリアン大臣はたくさんの兵士を引き連れてこちらへと近づいてきた。

大臣と特別面識があるわけじゃないのだが、なぜか彼の目は僕を捉えていた。

「君がロドニオ渓谷での事件で活躍した少年だね？」

すぐ目の前までやってきた大臣は、開口一番そう尋ねる。

「は、はい」

「あの、大臣、うちの子になにか……」

「いやいや、噂の少年の顔がどんなものか拝んでおきたくてね」

ゾリアン大臣は爽やかな笑みを浮かべて僕の頭を優しく撫でた。

「君の魔道具を生み出すジョブには期待しているよ」

「あ、ありがとうございます」

「では、私は学園長に用があるので失礼するよ」

軽く挨拶を済ませただけで、大臣は学園長室へと向かうため立ち去った。

「まさかゾリアン大臣がいらっしゃるとはな。緊張したよ」

「ビックリしたね」

大臣を見送った後、僕らは帰り支度をし、守衛のウィルさんに挨拶を済ませたところで、こちらへ近づいてくる人影が視界の端に移る。

忘れ物でもして、誰かが届けてくれたのかなと振り返ったら、そこに立っていたのはルシル姉さんだった。

「姉さん？　どうしてここに？」

「いえ、ふたりが校舎から出てくるのが見えたので。随分と遅かったですね」

「学園長といろんな話で盛り上がってな」

「そうだったんですね。あっ、校門まで見送りますよ」

「大丈夫なのか？　学生寮に戻らなくて」

「まだ時間があるから大丈夫です」

姉さんは僕たちとの別れを惜しんでいるように映った。あれだけ凄い魔法を難なく使いこなすといっても、まだ十二歳。子どもと呼んで差し支えない年齢だ。

周りに年が近くて仲の良い友人がいたとしても、やはり家族の存在が恋しくなってしまう時もあるだろう。

——だが、校門までの距離は短い。

別れの時間はすぐに訪れた。

「じゃあな。元気でやれよ、ルシル」

「今度の長期休暇で帰ってくる日を楽しみにしているよ」

「はい。ふたりも体調には十分気をつけてくださいね」

重厚な門が開けられると、馬車に乗った僕たちはルシル姉さんに手を振り、そのまま学園の敷地内から外へと出た。

少しずつ遠くなっていく王立学園。

いつかまた訪れたいな。

僕は心の中で自然とそんな感想を抱いた。

第五章　王子との出会い

学園での事件から一ヵ月が経った。

あれからリージェル学園長の名義でいくつか依頼が入り、その都度、父さんは注文通りの武器やアイテムを作り上げて学園へと運んでいた。

ちなみに、牛型モンスターの研究成果だが、お世辞にも順調とは言えないらしい。

僕たちがロドニオ渓谷で遭遇した猿型モンスターや、学園で突然変異をしたかのごとく体格が激変した牛型モンスターなど、あり得なかった事態が連続して起きている。――これについて、学園の研究チームは魔毒が原因の根底にあると睨んでいるが、その発生源すら特定できていない状況らしい。

魔毒の発生源……それさえ明確になれば、騎士団や魔法兵団の調査は大きく進展する。

まだ六歳の子どもである僕では、やれることに限りがある。

でも、なんとか現状を打破しようと試行錯誤を繰り返してきた。

発生源を見極めるため、さまざまな魔道具を作ってみたが、どれも失敗。未だになんの成果も得られていない。

このままではダメだ。なんとしてでも、魔毒の発生源を突きとめないと。

最近はずっとその方法を考え続けていた。

◇◇◇

ある日の朝。

いつものように僕は工房で父さんの仕事を手伝いつつ、魔鉱石に頼らなくても【魔道具技師】のジョブが持つ能力を発動させてアイテムが作れないか試行錯誤をしていた。

ただ、森に続いて渓谷までもが立ち入り禁止となって、冒険者たちの活動範囲はかなり狭められており、その影響もあって、【魔道具技師】としていろいろな物を作りたくても現状では高騰する素材の入手に四苦八苦していた。

ちょっと前に実家を出て他の冒険者同様、ギルドでの生活を始めたクリフ兄さんへ会いに行った際、ザックさんも『冒険者稼業がここまで苦しくなるのは記憶にないなぁ』と現状を憂いていた。

おまけに、最近では店舗に魔鉱石が並ばず、裏で取引されているケースもあるらしい。現に王都内ではすでにいくつか摘発例があるようだ。

しかし、そうした悪徳商人はどこから魔鉱石を手に入れているのだろうか。

そもそも、現物が鉱山から採掘されていないはずなのに……考えられるのは他国からの違法な持ち込みだが、取り締まりを強化しているにもかかわらず、嘲笑うように闇取引は横行している。つまり、入手ルートすら未だ明らかになっていないのだ。

魔毒の発生源特定に加えて、魔鉱石売買に関する闇ルートの解明……騎士団や魔法兵団は休まる暇がなさそうだ。

せっかくリージェル学園長と親しくなり、依頼が舞い込むようになってきても、肝心の素材がなくてはどうしようもない。

「なにかいい案はないかな——って、あれ？」

ひと息入れようと軽くストレッチをしていたら、さっきまで近くで作業をしていたはずの父さんがいない。工房内を見回すと、壁にかけられた地図と睨めっこをしていた。

「どうかしたの、父さん」

「うん？　いや……ちょっと遠出をしようかなと」

「遠出？」

楽しいピクニックへ行くってテンションじゃないな。きっと、仕事の関係だろう。

「ここにストーネ村というのがあるだろう？　以前、この辺りには魔鉱石がよく採れる鉱山があってな……今も健在なら、安価で高品質の魔鉱石が手に入るかもしれない」

「そうなの⁉」

「あくまでも『かもしれない』って仮定の話だ。俺が最後にストーネ村を訪れたのは冒険者になりたての頃……結婚する何年も前だし、《陽炎》にも入っていなかった」

ダゴン地方にあるストーネ村、か。

地図で見る限り、かなり遠い。

ただ、父さんがストーネ村を訪れようとした理由は、魔鉱石だけではないようだ。

「当時は鉱山で働く人も多く、とても賑わっていた村だったよ。その時によく世話になっていた人がいてね」

父さんはその後もストーネ村での思い出を語っていく。

要約すると、ちょっと前のクリフ兄さんみたいな立場の時に、父さんはこの村を拠点として冒険者の修行をしていたらしい。

言ってみれば思い出の地ってわけだ。

改めて地図を見返す——と、ちょっと気がかりな点が。

「このストーネ村の周辺にある森って、五年前にアルが魔毒にやられた森とつながっているんだね」

ただ、釣りをした湖やアルに出会った場所からは同じ森でもかなり距離がある。とにかく広大な森なのだ。

「そうだな」

「行っても平気かな？」

「ストーネ村近くの森も未だに封鎖されているが、近づかなければ問題ないだろう」

父さんの言う通りではある。

まったくリスクがないわけじゃないのだろうが、アイテムの安定供給のためにもここは遠征して新しい素材入手ルートを確保しなければならないのは避けられない問題。

……こうなったら、腹を括るしかない。

僕と父さん、さらにアルを加えてストーネ村行きが決定したのだった。

◇◇◇

数日後。

いよいよダゴン地方にあるストーネ村を目指して王都を発つ日がやってきた。

抱えていた仕事を片付け、約一日かけて目的地を目指す。

かなりの大移動になるため、母さんは僕が同行するのに最初は反対していたけど、そこはなんとか必死に説得し、ようやく許可が下りた。

当日はクリフ兄さんとペティさんも僕たちを見送りに来てくれた。

「親父、やっぱり俺もついていこうか？」

「心配は無用だ。おまえはおまえのために時間を使え」

「そうよ。あなたはまだ修行の身なんだから、まずはしっかり鍛えることを考えなさい」

「……分かったよ、母さん」

「気をつけてくださいね、スコットおじさん。バーニーとアルも」

「ありがとう、ペティさん」

兄さんには兄さんの仕事がある。

今日もこの後、ペティさんと一緒にダンジョン探索に出るらしい。念願だったダンジョン探索は今や兄さんにとって欠かせないライフワーク。僕も父さんと同じ意見で、せっかく冒険者として次のステップを踏み出したクリフ兄さんには、ぜひとも自分のために時間を使ってもらいたい。

というわけで、クリフ兄さんとペティさん、それに母さんの三人に見送られて、僕らは王都を後にした。


ダゴン地方への道のりはこれといったトラブルもなく平穏なものだった。

どこまでも続く平原地帯を通り越し、大河に沿って南へと進む。

食事のために立ち寄った町の食堂でストーネ村の情報を尋ねてみると、未だに人は住んでいるとのこと。

ただ、気になる話を耳にした。

「あの地方は最近になって領主様が変わってね。なんでも、かなり名のあるお方で相当なヤリ手だとか。機嫌を損ねたら領地内へ足を踏み入れなくなるかもしれないから注意しろよ」

食堂の店主は神妙な面持ちで助言してくれた。

新しい領主か。いったい、どんな人なんだろう。

でも、村がちゃんと残っていて、おまけに鉱山も現役だというからひと安心だ。

その証拠に、この町で売られている魔鉱石の値段は、以前の市場価格と比べると高いものの王都ほど高騰してはいなかった。

ここで魔鉱石を確保していってもよさそうだが、今回の旅の目的は父さんの恩人と再会することも含まれている。

ストーネ村まではあと少し。

せっかく遠征しに来たんだから、その恩人に僕も会ってみたいし、なにより鉱山のあるストーネ村の方がより安く魔鉱石を仕入れられるかもしれない。

食料を買い込んでから町を出て数時間もすると、眼前に大きな山が見えてきた。

「あれがストーネ鉱山だな」

「お、大きい……」

「うむぅ……学園の時計塔とやらも大きかったが、あれはそれを遥かにしのぐ巨大さだな」

僕とアルはそのスケールの大きさに開いた口がふさがらない。

「しかし、あれだけデカい鉱山なのに魔鉱石の採掘量が減ってしまうとはなぁ」

父さんがストーネ鉱山を眺めながら呟く。

そうなんだよなぁ……探せばまだまだたくさんありそうなのに。

まあ、探した結果が今の高騰につながっているんだし、鉱山で働く人たちにとっても採掘量の減少は死活問題だろうから、きっと必死にやってくれたんだろうけど。

とにかく、ここまで来たんだからその現場を拝んでみるとしよう。

さらに進むこと数時間。

ついにストーネ村へと到着した——のだけど、想像を絶する光景に、たまらず足が止まってしまう。

「どうなっているんだ、これは……」

馬車から降りた父さんがそう口にしてしまうのも無理はない。

ストーネ村はおよそ村と呼べるような状況ではなかったし、人の気配も感じない。

「どうやら……魔鉱石の採掘は行われなくなり、村としての機能を失ったようだな」

アルは静かに語る。

僕も一言一句違わぬ印象を受けていた。

家屋や店舗の数から、全盛期はかなり賑やかであったのがうかがえる。父さんが言っていたように、きっと昔は人で溢れかえっていたのだろう。しかし、今はもう見る影もない。

もっと村の奥まで調べてみようと一歩踏み出した直後だった。

「そこでなにをしておるんじゃ？」

誰かに声をかけられる。

振り返ると、そこには十五、六人ほどが集まっていた。僕たちに声をかけてきたのは、集団の先頭に立つ白髪の老人らしい。

「見かけない顔だな。なにをしに来た？」

歓迎されていないのは明白な、疑いの眼差しと強い語気。ひょっとして、この廃墟――もとい、村で暮らしている人なのかな？

とにかく怪しい者ではないと伝えなければ。

動揺する僕よりも先に、父さんが一歩前に出て老人へと話しかけた。

「あなたは……ゼルスさんですか？」

「ぬ？　どうしておまえさんがワシの名前を……うぅん？　まさか⁉　おまえ、スコットなのか⁉」

「はい。以前お世話になったスコット・カールトンです」

「いやぁ！　実に懐かしい！　元気にしておったか！」

ゼルスさんと呼ばれた老人の態度が豹変した。さっきまで警戒心を剥き出しにしていたのに、今はまるで古い友人と再会したような感じで父さんと接している。

——そこで僕はようやく察した。

このゼルスさんという老人が、父さんの恩人なのだと。

「そっちの少年とでっかい犬は？」

「息子のバーニーで、こっちは愛犬のアルです」

「は、はじめまして」

「よろしく」

「おぉ！　おまえに子どもができたのか！」

「この子は次男で、長男と長女もいます」

「三人もいるとは！」

さらにテンションが上がるゼルスさん。

……ていうか、なにげに愛犬扱いされているけど、それでいいのか神獣アルベロス。

この件については後でアル自身から見解を聞くとして、そろそろ本題へ移らないと。

「と、父さん」

「む？　そ、そうだった。再会に浮かれすぎてあの件をすっかり忘れていたな」

確かに、父さんの恩人に会うのも大事な旅の目的ではあるが、別件を忘れてはいけない。

気を取り直して、父さんはゼルスさんから事情を聞き出す。

「今日は魔鉱石を直接仕入れようと足を運んだのですが……このストーネ村に、いったいなにがあったんですか？　以前は活気があって住人もたくさんいる賑やかな場所だったのに」

父さんが本題をぶつけた途端、ゼルスさんの表情が一気に曇った。

「だいぶ前だが、鉱山の方で大規模な落盤事故があってな。奇跡的に死者は出なかったが、怪我を負った者が多く、採掘作業も困難な状況になってしまったのだ」

「そんな事故が……」

豊富な採掘量を誇っていたストーネ鉱山で発生した落盤事故に加えて、ロドニオ渓谷での事件……魔鉱石が市場に出回らなくなった大きな要因はこれだったのか。

もうちょっと情報が欲しいな。

「その落盤事故が起きたのは、だいたいどれくらい前か覚えていませんか？」

「うーん。確か、五年前の秋だったのぅ」

「五年前？」

僕らにとって、五年前というのは非常に縁のある時期だ。なにせ、その頃にアルと出会い、魔毒の存在が明るみになったわけだからな。

みんなでピクニックに行ったのはルシル姉さんが王立学園に入る直前だったから春先だったけど、その数ヵ月後に落盤事故……偶然なのか？

しかし、たまたま時期が重なっただけって考え方もできるので、安易に結びつけるのは危険だ。あくまでも可能性のひとつってくらいにとどめておかないと。

「そんな大事故とあっては、生活も大変でしょう？」

父さんが尋ねると、ゼルスさんは意外にも笑みを浮かべた。

「収入はないも同然だから苦しいには苦しい……だが、最近になって風向きが変わりつつあるんだよ」

ゼルスさんの言葉を耳にした時、頭の中で食堂の店主が言っていた新しい領主の話題がよみがえった。

名のある御方――つまり、かなりの力を持った貴族で、おまけに領地運営に関して実績があるような言い方をしていたな。

「ひょっとして、新しい領主様が関係しているんですか？」

「なんだ、知っておったのか」

「そういえばそんな話を聞いていたな」

「あぁ……すっかり忘れていた」

父さんとアルも思い出したみたいだな。

「君の言うように、新しくこのダゴン地方の領主となったマシアス様は大変優秀な方で、ストーネ村と鉱山を再生しようと、地方復興に本気で取り組まれていらっしゃる」

「マシアス様？　まさか……あのマシアス様ですか？」

「そのマシアス様で間違いないぞ、スコットよ」

新しい領主様はマシアスって名前の人物らしいけど、父さんの口ぶりからして相当な大物みたいだな。僕もどこかで名前を聞いたことがあるような？

「信じられない……王位継承第二位であるあのマシアス王子が、このダゴン地方の新しい領主なのか」

「っ⁉　王子様ぁ⁉」

思わず声が裏返ってしまった。

名前を耳にしているはずだよ……だってこのラトルバ王国の王子なのだから。

「で、でも、マシアス王子がどうしてこの地の領主に？」

「王子はかねてからラトルバ王国をさらに豊かな国にするため、兄上であるベイカー王子とともにさまざまな政策を練っておってな。その際、次期国王は間違いなくベイカー王子になるだろうからと、ご自身は地方の活性化のため、この見捨てられたダゴンの領主に名乗りをあげたそうだよ」

な、なんて模範的な王子様。

現国王にはふたりの息子がおり、マシアス王子は次男だ。古くからの伝統に従い、次期国王は兄であるベイカー第一王子が最有力候補とされていた。

ベイカー王子も非常に優秀な方で、周囲からは絶大な信頼を得ているらしい。

一方で、マシアス第二王子も国民からの評判は上々。

兄弟仲も良好なようで、悪い噂はひとつも聞いたことがなかった。

ただ、マシアス王子の方は現在王都を離れているという話も耳にしている。詳しい情報はよく知らないけど、別に悪い事情があるわけじゃないらしい。

それにしても、王位継承ってもっとこうドロドロの権力争いってイメージがあったけど、ラトルバ王国にはなく、兄弟が協力をして国を盛り上げていこうとしているらしい。国民としてはそっちの方がずっとありがたいからいいんだけど。

「では、マシアス様は今こちらに?」

「今は別の町の視察へ出ていらっしゃる。……む？　おかしいのぅ」

「おかしいというのは？」

「もうとっくにこちらへ到着してもよい時間なのだが……視察が長引いておるようだな。本当に熱心な方だからなぁ」

「まったくだな。ワシらみたいな者のために泥だらけになって働いてくださり、感謝してもしきれんよ」

「現国王様が病で体を弱くなされてから、王都と距離のある地方にまで政策の手は回ってこなかったんじゃが、その穴をご兄弟が立派にフォローしてくださっておる」

「ベイカー様も素晴らしい御方だが、マシアス様も王としての器を持っていらっしゃる」

大絶賛されているなぁ、マシアス王子。

トップダウン型の意思決定がなされる中央集権国家でありながら、ここまで民に密着した王家がいるなんて珍しいケースじゃないかな。中には自惚《うぬぼ》れと傲慢さの塊みたいなのが国王をやっている国もあるって工房に来た冒険者が話していたけど、そことは正反対だ。

とりあえず、恩人には会えたし、なにより魔鉱石を手に入れられないと知った以上、ここに長居していても仕方がないと判断した父さんは途中で立ち寄った町へ戻り、そこで魔鉱石を購入して帰ろうと提案。僕としても異論はなかった。

すぐに帰り支度を始めようと振り返ったら、視線の先に人影を発見する。

「あれ？　まだ誰かいたんですか？」

「いや、村に住む者はここにおる人数で全員だが？」

「じゃあ、あれは……」

ふらついた足取りで近づいてくる人影。最初は酔っ払っているのかと顔をしかめたが、徐々に姿が鮮明になってくると僕は血の気が引いた。

こちらへと接近しているのは甲冑に身を包んだ騎士だったのだ。

緑色の髪をして、年齢的には十代後半か二十代前半くらい。大きな怪我を負い、致命傷に至るほどの量ではないが出血もしている。

すぐに治療をしなくてはと駆け出そうとしたら、突然ゼルスさんが叫ぶ。

「あ、あれはマシアス様の近衛騎士！」

「えっ⁉」

近衛騎士ってつまり護衛役か。

その騎士がこの場に大怪我をして現れたということは——。

「もしかして……王子の身になにか……」

村人たちの顔が青ざめていく。

とにかく、詳しい事情をあの人から聞かなくてはならないと悟った僕は、背負っていたカバンから非常事態を想定して持ってきた薬草を取り出し、大急ぎで騎士のもとへと走る。

ほぼ同じタイミングで、父さんも駆け出し、その大きな右手には薬草が握られていた。

「考えることは一緒のようだな」

「ははは、そうだね」

顔を見合わせて笑い合う僕と父さん——って、ほっこりしている場合じゃない。早くあの騎士を助けないと。

薬草をすり潰して飲ませると、騎士は回復していき、徐々に顔色がよくなっていく。その騎士は手当の際、必死に父さんの服を掴んで口を動かしていた。まだ話せるほど回復してはいないが、必死の形相からとんでもない事態が起きているというのは即座に理解できた。

恐らく、そのとんでもない事態にマシアス王子が絡んでいるのだろう。

詳細な情報をなんとか僕たちに訴えかけようとしていたが、結局、うめき声をあげるだけでなにも理解できないまま、彼は気絶してしまった。

「彼はなにを伝えたかったのだろうか……」

「……父さん、僕はアルと一緒にこの人が歩いてきた方角へ進んでみるよ」

「待て。おまえたちだけでは危険だ」

「大丈夫だよ。いくつか魔道具も持ってきたし、危険を察知したらすぐに逃げるから。父さんはこの人たちの手当てを」

「自慢ではないが、逃げ足に関しては少々自信があるのだ」

アルの走力をよく知る父さんは、その言葉を受けて納得したようだ。

「……分かった。気をつけて行けよ」

「うん」

僕とアルが行くだけでは父さんも不安になるだろうけど、魔道具を持っているのが大きかったな。これまでに二度モンスターを撃退している実績も後押ししてくれた。

とりあえず、負傷した騎士が歩いてきた道をアルの背に乗って進んでいく。しばらくすると、アルの嗅覚が異変を捉えた。

「血の臭いがするな……さっきの騎士とは別の人間みたいだ」

「やっぱり、マシアス王子一行はなんらかのトラブルに巻き込まれたみたいだね。アル、もっとスピードを上げてくれ」

「よし！　振り落とされないようしっかり捕まっていろ！」

急を要する事態であるのが明白になったところで、アルは臭いのもとへと一直線に駆けていく。


数分後。

少し開けた道に出ると、そこには横転した馬車が。

どうやら、あれにマシアス王子が乗っていたようだ。

馬車の周辺では武装した近衛騎士たちが剣を構えて何者かと対峙していた。木の陰に入っているため姿を確認できない。そこで、さらなる接近を試みた。

「っ！　あれは！」

近づき、近衛騎士たちが戦っている相手を視界に捉えた瞬間、マシアス王子に起きている事態を完全に把握できた。

馬車はモンスターに襲撃されていた。

王立学園で暴走した、あの牛型モンスターとほぼ同サイズの猪型モンスターだ。

鼻息を荒くしたモンスターは、自慢の巨体で近衛騎士たちに襲いかかる。騎士たちがなんとか反撃に打って出るが、あまりにも体格が違いすぎてダメージを与えるに至らないらしく、苦戦を強いられているようだな。焦燥感に満ちた騎士たちの顔つきが、そうした状況の最悪さを雄弁に物語っていた。

「このままではまずいぞ、バーニー」

「ああ――加勢しよう」

「その言葉を待っていた！」

モンスター目がけて加速するアルの背中で、僕は魔道具を取り出す。学園で暴れた牛型モンスターを沈黙させた、あの魔銃だ。ちなみに、あれから少し改造を施しているため、厳密に言うと強化版になっている。

魔獣を構えつつ、騎士たちの合間をかいくぐって猪型モンスターとの距離を詰めていく僕たち。

「な、なんだ⁉」

「こ、子どもだと⁉」

「それにあのバカデカい犬はなんだ⁉」

なんの前触れもなくいきなり乱入してきた子どもと大型犬――じゃなくて神獣に戸惑う騎士たちを尻目に、とうとう射程圏内に入った。

「くらえっ！」

狙いを定め、睡眠効果抜群の弾丸を放つと、見事腹部に命中した。

「ぷぎぃ⁉」

即効性のある薬草を使用しているため、猪型モンスターはすぐさま夢の世界へと旅立った。

「ふぅ……なんとかなったかな」

敵の動きが完全に止まったのを確認し、大きく息を吐き出す。

あとは負傷者の手当てとマシアス王子の安否を確認するだけなのだが、周りの騎士たちはあまりの急展開に脳の情報処理が追いついていないようで茫然としていた。

しばらくすると、リーダーらしき中年男性騎士が、周りの部下たちへ喝を入れるように叫んだ。

「す、すぐにマシアス様を連れてこの場から撤退するぞ！」

「「「「はっ！」」」」

他の騎士たちもようやく事態を呑み込んで動き出す。

僕たちも同行しようとしたら、先ほどの中年男性騎士が声をかけてきた。

「鮮やかな活躍ぶりだったな、少年。本来ならば、我々がもっとしっかりして君のような子どもを守らなければいけないのだが……」

「さっきのはたまたま敵の虚を衝《つ》けただけですよ」

「謙遜するな。しかし、見かけない武器だな。どこで手に入れたんだ？」

近衛騎士の男性は僕の魔銃に興味を持ったようだ。

「これは自作なんです。ジョブの能力で作りました」

「じ、自作⁉　で、では、君がロドニオ渓谷の事件で――」

「大活躍した【魔道具技師】の少年かい？」

僕らの会話に割って入ってきた声。

たぶん、若い男性かな。

「まさかこんな形で出会えるなんて夢にも思っていなかったよ。僕はこの地方の領主をしているマシアスだ」

振り返った僕に歩み寄り、手を差し出す二十代前半ほどの男性。青い髪に濃緑の瞳。少しだけ垂れ気味の目が印象的なその人物こそ、ストーネ村のみんなが安否を気にしていたマシアス王子だった。

流れのままに、爽やかな微笑みを見せる王子と握手を交わす。

「最初に君の話を聞いた際は疑いを抱いたが、噂に違わぬ実力者のようだな。名前は……確かバーニー・カールトンといったか」

「は、はい」

さっきまで命の危険が迫っていたのに、マシアス王子は人懐っこい表情で話している。

「じ、実力というか……魔道具のおかげですよ」

「だが、作ったのは君自身なのだろう？　だったら立派な君の実力だ」

短い会話の中で、僕はなぜ人々がマシアス王子に惹かれるのか理解できた。

言動に嫌味がなく、穏やかで誠実。彼が口にした言葉には嘘がないとすんなり信じ込めてしまう。一種のカリスマ性と呼ぶべきなのか、ともかく言葉では表現しづらい、なんとも不思議な魅力で溢れている人物だった。

「申し訳ありません、マシアス様……我らが不甲斐ないばかりに……」

「落ち込まないでよ、ランビル。こうしてみんな無事だったわけだし」

マシアス王子はランビルさんの肩に手を添えてそうフォローを入れる。

「無事といえば、助けを求めて戦線を離脱したカディムを呼び戻さなくては」

「カディムさんっていうのは、緑色の髪をした若い騎士ですか？」

「知っているのか？」

「えぇ。現在はストーネ村で怪我の治療を受けています」

「そうか……安心したよ」

近衛騎士のランビルさんは仲間の無事を確認すると、安堵からか大きく息を吐いた。

まず、モンスターは倒したわけではなく、あくまでも魔銃の効果で眠らせているだけなので時間が経てば復活するだろうと伝えた。

それを聞いたランビルさんは、すぐに剣を抜いてモンスターにトドメを刺す。これでようやく安心できるな。

それからの行動は早かった。

速やかに撤退の準備を整えると、ストーネ村へと急ぐのだった。


村へ戻ると、みんなが一気に押し寄せてきた。

もちろん、マシアス王子の安否を気遣ってだ。

「ご無事でしたか、マシアス様！」

「お怪我は⁉」

「心配してくれてありがとう。私なら大丈夫だよ」

ひとりひとりに対して丁寧に接していくマシアス王子。

一方、僕は父さんから「よくやったな」と頭を撫でられる。口下手な父さんからすれば、これは最上級の褒め言葉だ。

落ち着いたところで、マシアス王子が暮らす屋敷へと移動する――が、そこはこの国の第二王子が暮らすにしては小さすぎるのではないかと疑問を抱きたくなるサイズであった。

僕たちカールトン家とゼルスさんはその屋敷の応接室へと案内される。

マシアス王子自らが話をしたいと招待してくれたのだ。

「急に呼んで申し訳なかったね」

「い、いえいえ、そんな……」

父さんは声を上ずらせながら答えた。

凄くフランクで親しみやすいオーラが漂っているけど、本来はこんな至近距離で会うなどあり得ないほどの人物なのだ。緊張するなってていう方が無理だろう。

王子も「硬くならず、リラックスしてくれ」と言ったところで簡単にそうなれないと理解しているらしく、自然に緊張が解けるのを待っているようだった。

しばらくしてようやく冷静になってきた父さんは、王子に質問を投げかける。

「なぜ、私たちをこの場に？」

「協力をしてもらいたくてね」

「「協力？」」

僕と父さんとアルはお互いに顔を見合わせる。

マシアス王子の口にした協力というワードに誰もピンときていなかったのだ。

こちらの反応で事態を察した王子はすかさず情報を追加する。

「説明不足だったね。さっきの騒ぎで大体察してもらえたとは思うんだけど……実はちょっと厄介な状況になっているんだ」

モンスター襲撃事件は解決した——が、マシアス王子としてはまだ終わっていないって感覚らしい。

これについてはランビルさんが解説してくれた。

「あのモンスターだが……以前、君がロドニオ渓谷で戦った猿型モンスターのように、本来ダゴン地方に生息しているものではないし、通常種とは比べものにならないくらい高い戦闘力を有していた。あれは、王子殿下を襲うために何者かが用意したモンスターだと我々は分析している」

「マ、マシアス様を狙って⁉」

ランビルさんはオブラートに包んだ表現をしているけど、要はマシアス王子を標的にした暗殺計画じゃないか。

そんな話を聞いているうちに、僕はクリフ兄さんたちと行ったロドニオ渓谷での戦いを思い出していた。あの時も、同行してくれたジョゼフさんが怪しい気配を察知していたな。

状況もよく似ている。

もともと、ロドニオ渓谷には強いモンスターは出没しない触れ込みだった——にもかかわらず、討伐するのに数人がかりでなければ難しいレベルのヤツが現れて大パニックに陥ったな。

魔導砲がうまく機能してくれたから助かったけど、割とギリギリの賭けだったよ。

「先ほどの戦闘中に、うちの騎士が森の方へ逃げていく何者かの姿を目撃したと報告しています」

ロドニオ渓谷での一件を振り返っている間に、ランビルさんがさらに追加情報を口にした。

「森って……まさか」

「そのまさか、さ」

「君たちカールトン家からの知らせを受けて以降ずっと閉ざされている、魔毒が漂っているあの森だよ」

そこへ、誰かが逃げ込んだ。

信じられない話だが、この状況で嘘をつくのもおかしい。

さらに、マシアス王子とランビルさんには疑惑を抱く他の理由があるらしい。

「魔法兵団によって調査されているはずなのだが、どうも調査自体が実際に行われているかどうかキナ臭くなってきたのだ」

「えぇっ⁉」

ランビルさんの言葉に、僕は耳を疑った。

悪影響を及ぼす魔毒の発生源を特定するため、魔法兵団に所属する魔法使いたちが必死になって調べている――それを今日まで信じてきたというのに、ランビルさんは疑わしいと言うのだ。

……この話の流れから、さっき提案された「協力」の内容が浮き彫りとなる。

「もしかして、マシアス様を狙っている者を捕まえるために僕たちをここへ？」

「うむ」

「わ、我々のような一般人が関わっても大丈夫なのでしょうか」

父さんがストレートな疑問をぶつける。

こういうのは素人よりも専門家でチームを組んだ方がスムーズに物事を進められそうなのだが、どうも込み入った事情があるらしい。

「今回の案件……裏で糸を引いているのが王家に対して負の感情を抱く者である可能性が高いのと、マシアス様の行動を把握しているところから、国政に関わる仕事に就く者であると我らは睨んでいる」

「つ、つまり、仲間の中にマシアス様を狙う者が⁉」

言ってからハッとなり、慌てて口を閉じた。

王子としては誰ひとりとして疑いたくはないはずだからな。

場の空気を変えるように、父さんが別の話題を切り出した。

「マシアス様が狙われる理由……私には皆目見当もつきません」

父さんの言っていることも分かるが、王家の人間である以上はなんらかの理由で狙われる可能性も否定できない。

マシアス王子は兄のベイカー王子と並んで非の打ちどころのない人物と評判だ。兄弟揃って国民からの信頼は厚く、この国の未来は安泰だと誰もが確信している。

——逆に、その誠実さを面白く思わない人もいるのだろう。特に国政に関わる者であるならば、盤石とも言える国政に風穴を開けて、そこから入り込もうとする邪な野心を抱く人物が含まれていてもおかしくはない。

「王子を狙っている者がいるとすれば、国家転覆を目論む危険分子だ。放置しておくわけにはいかん」

「……分かりました。我々もできる限りの協力をします」

父さんは力強い眼差しで王子とランビルさんを見据えて答えた。

「おぉ！　本当か！」

「どこまでやれるか分かりませんが、全力で挑ませていただきます。——もちろん、息子のバーニーやアルも一緒に」

「父さん！」

「スコット殿！」

てっきり、「危険だから、おまえは先にアルと帰れ」って言われると想定し、同行する理由についていろいろと思考を巡らせていたのだが、すべて杞憂だったようだ。

僕としては、そちらの方が望ましいし……なにより、純粋に嬉しかった。

今までならすぐに帰されていただろうに、父さんは僕をきちんと頭数に加えてくれた。つまり、「おまえならやれる」と言われている気がしたのだ。

「ありがとう。君たちがいてくれるなら心強いよ」

「では、早速準備に取りかかりましょうか」

「準備ってなんですか？」

張りきっているランビルさんだけど、僕にはどうもその準備とやらがなにを指すのか不明だった。

「決まっているだろう？　――森へ乗り込むのさ」

「も、森へ⁉」

確かに、怪しい人物が森へ逃げ込んだ目撃情報はあるけど……今いるメンバーだけで入るのは不安だ。

「だ、大丈夫でしょうか……」

「本当はもうちょっと戦力が欲しいところではあるが、魔法兵団が裏で絡んでいる可能性を考慮すると、下手に話を持っていきづらくてな」

正しい判断かもしれない。

魔法兵団が森を調査していないという実態は事実らしいから、王子って立場の人物に入られるのは都合が悪いはず。あらゆる手を尽くして邪魔をしてくるだろうし、こちらが動き出す前に隠蔽工作へと走るかもしれない。

事情は理解したけど、だからといってこのまま放置しておくのも不安だ。マシアス王子についているなら彼らの騎士としての実力は申し分ないだろう。だが、もし相手がこちらよりも遥かに多くの戦力を有していたとしたら……数で押されてしまい、最悪の結末が待っているかもしれない。

絶対にそれだけは避けたいが、こちらの状況から誰でも呼べるわけではない。

戦闘力があり、信頼のおける存在――そんな都合のいい人なんてそうそういるものではないとあきらめかけていたが、ふとある人物の顔が頭に浮かんできた。

「じゃあ、ザックさんたちに声をかけてみてはどうでしょう」

「「ザックさん？」」

マシアス王子とランビルさんの声が重なる。

しまった。

僕らとしてはもう何度もお世話になっている人物なので、名前を聞けばどういう人なのか瞬時にイメージできるが、会ったことのないふたりからは「誰だ、そいつは？」って感想しか出てこないだろう。

そこで、僕と父さんで冒険者パーティー《陽炎》の実績を並べ、ザックさんがパーティーをまとめている凄腕の冒険者であると伝えた。

「《陽炎》か……聞いたことはありますね」

「そうなのかい？　私は冒険者パーティーに関して疎いからなぁ……じゃあ、ランビルが抱いている《陽炎》の評価を聞かせてもらえるかな？」

王子から説明を求められたランビルさんは「コホン」と咳払いを挟んでから自身の考えを述

べた。

「スコット殿とバーニー少年の言うように、冒険者パーティーとしての腕前に関しては立派ですね。実績も豊富ですし、若手のホープも育っている。今勢いのある冒険者パーティーのひとつという評価で間違いはありません」

「《陽炎》には僕の兄も所属しているんです」

「兄？　君と一緒にロドニオ渓谷にいたクリフ・カールトンか」

マシアス王子に名前を覚えていてもらえるとは……それくらい、あの事件は王子にとって印象深いものだったらしい。

「ランビルが評価する、君のお兄さんが所属しているパーティーなら信頼できそうだし、なにより期待が持てるね」

「では、我々は王都に戻り、《陽炎》のリーダーであるザックさんと交渉をしてまいります」

「頼むよ」

父さんは王子に一礼すると、王都へ戻るため僕たちを連れて馬車の準備に取りかかる。

そういった次第で、王子たちとはここで一旦別行動を取ることになった。

すぐに王都へと戻り、極秘のうちにザックさんたちと接触して協力を仰ぐ。クリフ兄さんやペティさん、ジョゼフさんの三人をはじめとするメンバーの冒険者が加わってくれたらとても心強いけど……果たしてどうなるか。

素材探しの旅は予想外の方向へと走り始めたが、うまくいけばこれまでずっと引っかかっていた魔毒に関するすべての謎が解き明かされる。

気合を入れ直し、僕らは《陽炎》との交渉のため王都へと急ぐのだった。

第六章　黒幕との対決

一日をかけて、僕らはダゴン地方のストーネ村から王都へと戻ってきた。

父さんはまず母さんに事情を説明し、しばらく家を空けることを伝えに帰宅。僕とアルは先にザックさんたちへ協力を仰ぐためにギルドへと足を運んだ。

相変わらず多くの冒険者で賑わっているが、ザックさんの巨体はそうした喧騒の中でもひと際目立つ。

「うぅん？　こいつは珍しい客人だな」

こちらに気づいたザックさんは僕とアルを手招きし、近づくとゆっくり語り始めた。

「クリフを尋ねてきたのか？　ヤツならもう少しでペティと一緒に戻るはずだが」

「いえ、今回はザックさんにお話があって」

「俺に話だぁ……？」

一瞬にして目つきが鋭くなるザックさん。

「おまえが直接ギルドへやってくるくらいだ。父親絡みの案件か？」

ここまでのわずかなやりとりで、大まかな事情を把握した様子。これも豊富な経験値が成せる業なのかな。ますます頼もしいし、ぜひとも加わってもらいたい。

「詳細については……どこか、人目につかない場所でお話をしたいです」

「いいだろう。なら、上の階へ行くか」

宿屋として営業しているギルドの二階。

そこには《陽炎》が拠点として活用している部屋があり、秘密の話もしやすい。

案内された部屋には、すでにジョゼフさんが待機していた。

「よぉ、バーニー」

「こんにちは、ジョゼフさん」

挨拶を終えると、ザックさんと向かい合う形でソファに腰を下ろし、早速本題へ移る。

「で？　なにがあった？」

「僕とアル、そして父さんは先日ダゴン地方にあるストーネ村に、魔鉱石など仕事で扱う素材を入手する旅に出ていました」

「うちもしばらく工房を休みにする連絡はもらったが、そのストーネ村でなにかあったのか？」

「はい。実は――」

僕はダゴン地方の領主であるマシアス王子に起きた出来事と、王子の周辺で起きようとしている異変について説明していく。最初は真剣な眼差しで聞き入っていたザックさんとジョゼフさんであったが、徐々に険しさが増していった。そして、森へ攻め入る話題へ入るとジョゼフさんの顔は青ざめた。

「ず、随分と大事ですね、お頭」

「まったくだ」

話を終えた直後、ザックさんは大きなため息を漏らした。

な、なんかヤバそうな空気だな……今回はギルドで受けるクエストとはさまざまな面で段違い。なにより、王家の人間であるマシアス王子が絡んでいるだけあって、慎重にならざるを得ないだろう。

ザックさんの出した答えは——。

「ジョゼフ。すぐに旅の準備だ」

「あいよ！　さすがはお頭だ！　そうこなくっちゃ！」

バシッと拳をぶつけ合って喜ぶジョゼフさん。

「あ、ありがとうございます、ザックさん」

「お偉いさんの手助けは、はみだし者揃いである冒険者からするとどうにも張りきりに欠けるが、ストーネ鉱山の復活を目指すマシアス王子の取り組みは純粋に支援したいと思う」

冒険者らしい考え方だなぁ。

——ただ、ザックさんは別の視点も持っているようだ。

「五年前の落盤事故からストーネ鉱山で魔鉱石が採掘できなくなった件は俺の耳にも入っている。どうにも、今回の件の裏にはこいつが関与している気がしてならねぇ」

「な、なにか情報を握っているんですか？」

「ねぇよ。冒険者の勘だ」

　バッサリと言い切った。

　けど、不思議と説得力があるから凄い。冒険者としてもひとりの人間としても貫禄があるってことなんだろうな。

　ザックさんからの指示を受けたジョゼフさんは、数人のメンバーに声をかけて遠征の準備を始める。しばらくすると、母さんへの連絡を終えた父さんが合流。これですべての準備は万全に整った。

「ご協力感謝します、ザックさん」

「気にするな。今回の件が無事に解決すれば、もしかすると魔鉱石の市場が落ち着くって大きなプラス効果が期待できる。それに、マシアス王子は王都でも評判がいいからな。顔と名前を覚えておいてもらって損はないだろう」

　たとえマシアス王子の地方再建がうまくいかなかったとしても、王家の人間に認識してもらえるのは冒険者として得になる。評価がよければ、向こうから仕事を依頼してくるかもしれないからな。抜かりなしってわけか……さすがだな、ザックさん。

　父さんと一緒に荷物を馬車へと積み込んでいたら、クリフ兄さんとペティさんがダンジョン探索から戻ってきた。

「バーニー？　アルや父さんも？」

「いったいなんの騒ぎなの⁉」

ドタバタと作業をしている仲間を見て何事かと動揺するふたりへ、父さんが事情を説明していく。

「へぇ、つまり王子様の防衛クエストってわけね」

「そう簡単な話ではなさそうだがな。とにかく、俺もついていくぞ」

「当然だ。おまえたちふたりも遠征メンバーに加えてある」

ギルドの入口前で話をしていたところに、大量の荷物を抱えるザックさんがやってきた。

「今回の仕事は俺たち《陽炎》の今後を大きく左右すると言って過言じゃない。その分、危険も多くなるかもしれんから、いつも以上に気合を入れていけ」

「はい！」

「パパがそこまで言うなんて……やっぱり王家の人間が絡む案件って影響力が違うのね」

クリフ兄さんとペティさんが参戦し、これで役者は揃った。

負ける気がしないメンツだなぁと眺めていたら、そこへ新たに人影がひとつ加わる。

「賑やかですね。これから遠征ですか？」

「っ⁉　ルシル姉さん⁉」

なんと、現れたのは王立学園にいるはずのルシル姉さんだった。

「ど、どうして……」

「先生たちが他国の学園関係者と合同で研修をすることになったので、臨時休校になったんです。私はこちらで過ごそうと思っていたのですが……みんなは忙しそうですね」

「ま、まあ、いろいろあってな」

「ふーん」

危険な仕事になる可能性もあるため、父さんはマシアス王子との一件をルシル姉さんに勘づかれないようにしているが、無駄だろうな。

なぜか父さんはルシル姉さんに嘘がつけない。

父さんは普段から軽々しく嘘を口にしたりしないが、こういう大事な場面での振る舞い方は弁えていてサラッと誤魔化せるのだが、なぜかルシル姉さんには一切通用しないのだ。父さんも分かっているから、なんとか平静を保とうとするものの、かえって不審な行動につながってしまったようだ。

――そうなるとどうなるか。

「私も一緒に行きます」

当然、こういう流れになる。

「ル、ルシル、今回の案件はおまえが考えているほど簡単じゃない」

「あら？　魔法使いがいるとなにかと便利ですよ、クリフ兄さん？」

「ぐっ……それは……」

まったくもってその通りだから、クリフ兄さんはなにも言い返せない。

ダンジョン探索において、魔法を扱える者がいるといないとでは難易度に大きな差が生まれる。しかし、腕のいい魔法使いほど、国が重宝し、高い給金と厚遇で囲い込む。特に【大魔導士】のジョブを持つルシル姉さんほどの実力者は、まず間違いなく危険な冒険者稼業なんてやらないだろう。

中でもルシル姉さんは別格だ。

【大魔導士】のジョブにより才能豊かであるのに加えて、たゆまぬ努力を続けるストイックさで、すでに一部教職員たちよりも魔法の扱いは上と評する者もいる。

正直、そんじょそこらの魔法使いよりもずっと頼りになる存在と言えた。

「ルシルについてはおまえが決めろ、スコット」

ザックさんは最終的な判断を父さんに委ねた。戦力を分析すれば喉から手が出るほど欲しいのがザックさんの本音なのだろうけど、そこで父親に任せるのは優しさからだろうな。

これを受け、父さんが下した決断は――。

「ルシル、おまえの力を借りていいか？」

「もちろんです」

姉さんの同行を認め、ともに戦う道を選んだ。

こうして、父さん、アル、そして僕を含むカールトン三兄弟は、全員がマシアス王子の危機を救うため、ダゴン地方へと向かうことになったのだった。


出発は明朝なので、僕らは一度帰宅し、休息を取る。

家に帰ると、早速母さんに姉さんも遠征に参加する旨を伝えた。

「止めても行くのでしょうからもうなにも言わないけど、これだけは約束して――みんな無事に帰ってくるって」

母さんの切実な願いに、僕らは「もちろん」と声を揃えるのだった。

「よろしい。とにかく、久しぶりに家族が全員集まったし、明日からの遠征の無事を祈って豪勢な夕食にしなくちゃ」

母さんは腕まくりをし、気合を入れてキッチンへ入っていく。

一方、みんなとアルは机に地図を広げ、作戦会議を始めた。

「マシアス王子が襲撃されたのは……この辺ですね」

「ふむ。例の森からは遠いな」

「父さん、なぜ魔法兵団は魔毒について調査もせず、あの場所をずっと封鎖したままにしていると思う？」

クリフ兄さんが尋ねると、父さんは一度大きく息を吐いてから答える。

「厳密に言うと、恐らく調査はしたのだろう。した上で、封鎖したままにしているのかもしれないな」

「どうしてそんなことを?」

「安全が確保されたっていうより、新しい利用価値を見出したのかもな」

魔毒の新しい利用価値って……めちゃくちゃ不穏な響きだ。

「な、なにか物騒なことをしでかそうとしているのでしょうか?」

ルシル姉さんが不安げに呟く。

「こればかりは現地で直接調べてみないとなにも言えない。なにが潜んでいるか読めないのが一番の不安材料だな」

それでも森へと突入し、マシアス王子にモンスターをけしかけた黒幕を捜し出さなくてはならない。

さらに、森の中を調べるとなったらどういうルートをたどるべきか、僕たちなりにさまざまなプランを検討。作戦会議に熱が入り、夕食が完成したと呼びに来た母さんの声に気づかないほどであった。

「仕事熱心なのはいいけれど、本当に無茶だけはやめてよ?」

呆れ気味に笑いながら、母さんはそう釘を刺した。

当然、ルシル姉さんも含めて全員がそのつもりでいるとは思うが、実際に現場で戦闘となったらついつい体が前に出てしまいそうだ。

ともかく、今の段階でやるべきことはすべてやりきった。

母さんが作ってくれた夕食を楽しみながら、僕らは明日の大一番を見据えて英気を養ったのだった。

◇◇◇

翌朝。

ギルドで《陽炎》のメンバーと合流してから、僕らはダゴン地方を目指して王都を発つ。

戦力としては、総勢で二十人。内容が内容だけに、《陽炎》の中でも選りすぐりの実力者たちが顔を揃えた。もちろん、中にはジョゼフさんもいるし、クリフ兄さんやペティさんといった期待の若手も参加している。

このメンツにランビルさんたち近衛騎士も加わったら、相当な戦力になるだろう。

丸一日という長い時間をかけて移動し、ようやくたどり着いたストーネ村ではゼルスさんや村人たちが出迎えてくれた。

「君が協力をしてくれるとは実に心強い」

「よろしく頼む」

ゼルスさんとザックさんは笑顔で握手しただけでなく、抱き合って喜んでいる。

そういえば、面識があるって言っていたけど、ここまで仲が良いとは思わなかったな。

村人たちと別れると、マシアス王子の待つ屋敷へと移動。

門前ではランビルさんたち近衛騎士が僕たちの到着を待っており、すぐに王子の待つ部屋へと案内される。

「やあ、待っていたよ」

マシアス王子はいつもの調子でにこやかに僕らを出迎えてくれた。

しかし、部屋に《陽炎》のメンバーが入ってくると途端に変化する。笑顔のままではあるんだけど、瞳の奥はまるで違う。マシアス王子はなにかを思案するようなゆっくりとした足取りで集まった面々に近づいていくと、無言でじっくり眺め始めた。

いったいなにをしているのかと疑問に感じ出した頃、マシアス王子はポンと手を叩く。

「身にまとう気配だけで理解できるよ……錚々《そうそう》たる顔ぶれのようだね」

満足げに頷くマシアス王子。どうやら、お眼鏡にかなったようだ。

すぐにランビルさんから今後の行動についての説明が行われたのだが、ここで嬉しい誤算が発覚する――王立学園が臨時休校になったために急遽参加が決定した【大魔導士】のルシル姉さんがこう言ったのだ。

「私の探知魔法で周辺を調べてみます。魔毒の原因や潜んでいる者たちの勢力がどれほどの規模なのかが把握できるかもしれません」

さすがはルシル姉さんだ。

習得が難しいとされる探知魔法をマスターしているとは……これには近衛騎士たちもざわつき出すけど、まだまだこれだけじゃない。

「ルシル姉さんの探知魔法と合わせて、僕も魔力を探知する魔道具を持ってきました。これでお互いをカバーし合えば、より精度の高い調査が可能となるはずです」

「なんとも心強いな」

敵勢力の数が不透明という最大の懸念材料が解消され、近衛騎士たちも「イケるぞ！」と湧き立つ。

「それにしても、将来有望な冒険者と【魔道具技師】だけでなく、王立学園に通う魔法使いまでいるなんて……カールトン家は逸材の宝庫だね。親としては鼻が高いのでは？」

「そ、そんな、恐縮です」

マシアス王子からの評価に対し、どう反応していいやら困っている父さん。王都の人たちからもよく言われていたんだけど、その際も返事には苦労していたな。何度も『自分とは違って出来がいいから驚いている』と返していたけど、さすがに一国の王子が相手となったら同じようにはいかないか。平静を装いつつも、ずっと緊張状態だったんだろうなぁ。

ともかく、ダゴン地方に隠された謎を解き明かすため、特別連合チームはここに無事結成されたのだった。


村の人たちに見送られて、僕らはいよいよ森へと近づいていく。

どうなっているのか現状は分からないけど、今回は僕の魔道具に加えてルシル姉さんの探知魔法があるので、足を踏み入れる前に中の様子をチェックできる。

「ではふたりとも、お願いするよ」

「「はい！」」

マシアス王子のひと声で、僕は魔道具を使い、姉さんは魔法の力で森の中を探っていく。

その結果、驚くべき事実が発覚した。

「森の中心辺りにかなり大勢の人が集まっているようですね」

ルシル姉さんがたくさんの人の気配を捉える。続いて、僕の魔道具が強力な魔力を捉えて警戒音を発した。

「どうやら、姉さんが見つけた大勢の人の近くで、強力な魔力が生み出されているようです」

「もしや、魔鉱石か？」

いち早く反応したのはランビルさんだった。

恐らく、彼の言葉通り、探知した魔力の質からして、森の中心部にはたくさんの魔鉱石が集まっていると予想される。

これだけの量となると、どこかから持ってきたというより、ここで採掘をしているのか？

まさか、五年前に落盤事故があって以降、ずっと閉鎖されていたはずのストーネ鉱山から不正に採ってきているのだろうか。

ただ、森からストーネ鉱山はかなり離れている。

仮に鉱脈がここまでつながっているとしたら、想像を絶するほどの巨大鉱脈が存在している可能性もあるな。

ともかく、領主であるマシアス王子が関知していないとなると、これは完全に違法採掘だ。

当然、王子もその可能性に気づいているだろう。

「五年前に起きた落盤事故と魔毒による森の封鎖……ふたつの出来事が近々に起きているのは偶然ではないだろうね」

「じゃ、じゃあ、どちらも誰かに仕組まれたものである、と？」

王子の推測に動揺する父さん。

もし本当にそうだとしたら、これはもう国家ぐるみである可能性が非常に高い。それくらいの規模でなければ、五年という長い間、誰にも気づかれないことはなかっただろうし、魔法兵団の不可解な動きについても説明がつく。

――って、そうなると事件に絡んでいるのは魔法兵団関係者なのか？

たぶん、王子もその可能性に気づいている。けど、軽々に魔法兵団の関与を口にしてしまうのは危険だと判断し、押し黙っているのだろう。

そりゃそうだ。魔法兵団が絡んでいるとなったら、国防の根底を揺るがす大事件だからな。

「今の情報だけでは断言はできない。もっと決定的な証拠がいるね」

「でしたら、森に入って中心部にいる者たちを捕えましょう」

マシアス王子にそう提案したのはクリフ兄さんだった。

この提案に、冒険者や近衛騎士たちは賛同する。

特に、近衛騎士たちの気合は凄かった。先日の王子襲撃事件における実行犯はほぼ間違いなく森の中心に集まっている者たちの中にいるだろうから、絶対に捕まえてやるという強い意志が迸《ほとばし》っている。

今にも怒鳴り込んでいきそうなほど興奮している近衛騎士たちだが、ここで僕が彼らを制止する。

「ちょっと待ってください」

「ど、どうしたのだ、バーニー少年」

なぜ止めるんだ、と言わんばかりに怖い顔で睨むランビルさん。ビビッて一瞬声を失うが、すぐに立て直して作戦を伝える。

「彼らをひとり残らず捕えるために、罠を仕掛けましょう」

「罠だと？」

「はい。仮に、魔鉱石を巡る違法採掘が行われているのだとしたら、魔法兵団がバックに控えている可能性が高いです。もしそうなら、きっと見つかった時のためにいくつも逃亡用の策を練っているはず。闇雲に突っ込んでいくのは危険ですよ」

「君の言う通りだ」

必死の説得はランビルさんや近衛騎士たちに無事届いた。先ほどまでの煮えたぎるような勢いは鳴りを潜め、みんな冷静さを取り戻している。

「見事だね、バーニーくん。君はいいリーダーになれる素質があるよ」

パチパチと手を叩きながら声をかけてくれるマシアス王子。さらに、ルシル姉さんやクリフ兄さんも呆気に取られて固まっていたが、時間が経つと僕の方へと近づいてきていきなり頭を撫で始める。

「凄いですよ、バーニー」

「おまえにそこまでの分析力があるとはな」

姉と兄から手荒い褒め方をされる。

一方、父さんは「成長したな、バーニー」と呟きながら静かに涙を流していた。

うーむ……ちょっとやりすぎたかもしれないが、僕としてはやはりこのまま見過ごすわけにはいかなかったからなぁ。まあ、黙っていてもきっとマシアス王子が止めていたのだろうけど、気づいた時には行動に移っていたんだよね。

とりあえず、今は状況が状況だけに深く考えるのはなし。

ここからは今まで以上に神経を使うぞ。

その前に……念のため、秘密兵器の用意をしておこうか。使用する機会が訪れるかどうかハッキリとはしないけど、必要になった際に慌てないようにしたいし。

「しかし、罠と言ったが……具体的にどんな物を仕掛けるんだ？」

「トラップについては今から作ります」

「い、今から？」

ランビルさんや近衛騎士たちは「そんなことができるのか？」って反応だったけど、僕のジョブ能力を知る家族たちはノーリアクション。いろんな場面で見慣れているからね。

マシアス王子の関係者には初お披露目となる【魔道具技師】としての力……とくと味わってもらうとしようか。

能力を発動させるために必要な素材は、ロープとうちの工房から持ってきた雷属性の魔鉱石——以上である。

「たったこれだけでトラップを作るのかい？」

「はい。見ていてください」

僕はいつものように素材をかけ合わせるイメージで魔力を練る。やがてふたつの素材は眩い光に包まれ、収まる頃にはひとつの魔道具が完成していた。

「こ、これが魔道具……黄色いロープにしか見えないが」

出来上がった魔道具を前に、マシアス王子は至って普通の反応を見せる。王子が口にしたように、なんの変哲もないロープのようだが、こいつを仕掛けておくことで抜群の効果が得られるだろう。

「どうやって仕掛けるんだ？」

「森の中心部に近づいてから手を打つつもりだよ」

クリフ兄さんに説明をしていると、ルシル姉さんが不安そうに尋ねてきた。

「近づくって……あまり時間をかけると、相手に気づかれてしまいますよ？」

「大丈夫。アルが手伝ってくれたら、準備にそう時間はかからず終わるから」

「吾輩の手伝い？　……よく分からんが、助けになるなら力を貸すぞ」

「ありがとう、アル」

マシアス王子がありったけの魔鉱石をかき集めるよう命令してくれたおかげで、トラップも十分な数が用意できたし、いよいよ森の中へ入るとしよう。

ランビルさんの提案により、近衛騎士と冒険者たちはそれぞれ分散し、一網打尽にしようと森の中心部を取り囲むような位置取りとなった。取り逃がしてしまったとしても、すでにトラップは設置済み。二重の仕掛けで追い込む作戦だ。

ルシル姉さんの探知魔法と僕の魔道具により、森の中心部周辺には侵入を防ぐ、いわゆる結界魔法の類はないと分かった。下手にそんなものを仕掛けてしまえば、事情を知らない人が森の中にある魔力に気づいてしまうかもしれないと判断したからだろうとマシアス王子は分析していた。

相手に気づかれずに近づけるから、僕たちにとっては好都合だ。

でも、全員に気持ちの緩みはない。

近衛騎士と冒険者――立場は違うが、どちらも厳しい戦場を生き抜いてきた猛者揃い。こういう状況でどんな対応をすれば最良の結果が得られるかをよく知っているのだ。

周囲を警戒しつつ、打ち合わせ通り、チームごとに予定の場所を目指して散っていく。

僕とアルはマシアス王子とランビルさんのいるチームに入り、そこでトラップを仕掛け終えると少しずつ中心部へと歩を進めていく。

大勢の人がいるのは僕とルシル姉さんが捉えた共通の情報である――が、実際になにをしているかまでは把握しきれない。

なので、まずは集まっている人々の目的を知る必要があった。

マシアス王子が懸念していた違法採掘の現場であるならすぐに取り押さえる必要がある。もちろん、それ以外の可能性もなくはないが、魔毒騒ぎがあってからこの近辺は魔法兵団が管理している。ひとりふたりくらいならまだしも、僕と姉さんが捉えた規模はそんなものじゃなかった。少なくとも三十人以上はいるはずだ。

魔法兵団の厳しい監視の目をかいくぐりながら、あれだけの大人数でなにかをしているとは考えにくい。となれば、やはり魔法兵団の関与は認めざるを得ないか。

そんなことを考えているうちに、僕たちの視線にある異変が飛び込んできた。

地図によれば、森の真ん中にいるはずなのに……なぜか目の前には木々が伐採され、開けた空間ができている。おまけに、そこから話し声が聞こえてきた。

「どうやら、ここで一旦止まった方がよさそうだね」

状況を把握したマシアス王子は、手にしていた魔鉱石に魔力を込めた。

これもまた、僕が用意しておいた魔道具のひとつ。

散っていった各チームのリーダーに同じ魔道具を持たせているのだが、ひとつの石に魔力を込めることで他の石も連動して同じ色に発光する仕掛けとなっている。

色は注ぐ魔力量によって変化し、行動を統制する。つまり、これで遠く離れた相手と意思疎通を図れるのだ。

ちなみに、今は赤色に発光しており、これは「止まれ」の合図。ここからは僕らが先行して現場をチェックし、敵の狙いを調査していく。

……今さらなんだけど、王子自ら赴くって凄いよなぁ。普通、こういう場合って村で待機しているものじゃない？　ただでさえ、ちょっと前に襲撃を受けたばかりなのに。

ランビルさんは王子の性格をよく理解しているから「どうせ止めても無駄だ」って感じに見えた。たぶん、これが初めてってわけじゃないのだろう。優秀な近衛騎士が何人もついている理由はそういう面にもあるようだ。

気を取り直して、僕たちは少しずつ開けた空間を目指して近づいていく。

やがて、木々の合間から周辺の様子をうかがえる距離にまで達した。

——そこで、思いもよらない光景を目の当たりにする。

「おらぁ！　さっさと働けぇ！」

「チンタラしてんじゃねぇぞ！」

まず耳に飛び込んできたのは怒号だった。

鞭を手にした屈強な男たちが、たくさんの人たちを働かせているようだが……これはいったいどういう状況なんだ？

「マ、マシアス様……これは……」

「もしかしたら、嫌な予感は当たったかもしれないね」

どうやら、マシアス王子は彼らの行動にピンときているようだった。

領主である王子の与り知らぬところで、なぜか大勢の人が強制労働をさせられている。こうした奴隷制度じみている時代錯誤な行為は、現代だと法律で固く禁じられているはずなのだ。

これには温厚なマシアス王子も頭にきているようだ。口調は普段と変わらないが、声はいつもより低い。僕には、そこに王子の静かな怒りが込められているように聞こえた。

だが、そこで落ち着いた行動を取れるのがマシアス王子の凄いところ。

感情をグッとこらえて、より詳しく状況を分析しようと周りに目を配っている。僕もそれにならって同じように様子をうかがう。

ひとつ分かったのは、働かされている男性たちの奥に岩壁があり、そこにダンジョンの入口が存在していた。

「あんな場所にダンジョンが……」

「いや……あそこはかつてのストーネ鉱山につながっているようだね」

いやにあっさりと王子は言い放つが、僕にはその根拠が分からなかった。

「なにか確証があるのですか？」

「彼らが荷車にのせて持ち出しているあれは……間違いなく魔鉱石だ」

「えっ⁉」

王子が指摘したように、男たちは荷車に大量の石を詰め込んでダンジョン——いや、鉱山への入口から出てくる。やはり巨大な鉱脈で、あの連中が魔鉱石を独占しているのか？

だが、そこら辺の小悪党が悪知恵を働かせてやっているというにはあまりにも規模が大きすぎる。辺りにはたくさんの小屋が建てられており、まるでひとつの集落のようであった。小屋の中でなにが行われているのかは推測するしかないのだが、箱詰めされている魔鉱石が近くに山積みされているので、あの中ではきっと加工作業をしているのではないだろうか。

「組織的な犯行のようですな」

「そうだね。裏で糸を引いているのは誰かな？」

「かなり地位のある人間でなければ、誰にもバレずにこのような施設を運用するなど不可能です」

「だよね」

語り合うランビルさんとマシアス王子だが……きっと、ふたりは黒幕について大体の見当がついているのだろう。

幸い、彼らの背後には外から眺めているだけでは気づかなかった岩壁があるため、逃げられる範囲が絞られる。僕が仕掛けたトラップとの組み合わせならば、全員を捕らえられる可能性が大きく上昇した。

「ともかく、人の領地で好き勝手やっているのを見過ごすわけにはいかない。ランビル、彼らの行いは現行犯で捕らえられるだろう？」

「もちろんですよ」

領主に許可なしであんな大規模な採掘をしていたら、そりゃいずれバレるし、そもそも犯罪行為だからなぁ。

ともかく、これで突入の準備はすべて整った。

相手は紛れもなく犯罪者。

一切の容赦はいらないと判断したマシアス王子から、魔道具を通じてすべての冒険者や近衛騎士へ突入の合図が送られる。次の瞬間、森のあちこちから勇ましい雄叫びが聞こえ、一斉に違法採掘現場となっている集落へとなだれ込んでいった。

「な、なんだ⁉」

「侵入者だと⁉」

なんの前触れもなく突撃してきた僕たちに対し、多くの人々を奴隷のごとくこき使っていた男たちはひどく狼狽している。まるで、侵入者が来るなんて想定していなかったような反応だな。

相手側の事情に関しては後々聞き出すとして、今は取り逃がさないように男たちを捕らえていく。労働をさせられていた者たちは茫然と立ち尽くすだけだったので、とりあえずは明らかに怪しい屈強な男たちを包囲。

「こ、この野郎！」

ヤケクソになった男のひとりが、若いクリフ兄さんなら組み伏せられると思ったらしく襲いかかるも、クリフ兄さんは軽快な動きで回避する。

「大人しくしていろ」

「ぐえっ⁉」

殴りかかってきた男の腕を掴むと、クリフ兄さんは華麗な背負い投げで見事にカウンターを決めた。他にも、この場から逃げ出そうとする男たちが抵抗を見せるものの、すべて返り討ちにあうという結果に終わる。

ここで活躍したのがルシル姉さんの拘束魔法だ。

魔力で生み出した拘束具により身動きが封じられ、男たちはまともに歩くことさえ叶わなくなる。なんとか拘束具を破壊しようと暴れ回るが、物理的にどうこうできるはずもなく、やがて体力を消耗しきって項垂れる者が続出した。

中にはこちらの攻撃の手をかいくぐって逃走を試みる者もいたが、そういった輩を逃がさないためにあらかじめ設置した僕の魔道具が効果を発揮する。

「森へ入っちまえばもう――ぐあぁっ⁉」

「さっさとトンズラして――ごふぅっ⁉」

「捕まってたまるかって――ぐえぇっ⁉」

男たちの動きを止めたのは、あのロープだった。

あれには雷の魔鉱石をかけ合わせており、近づいてきた者に対して強力な電撃を食らわせるようにしてある。トラップはこの周囲をグルッと囲い込むように置かれているので、犯人たちはもはや逃げ場のない状況であった。

次から次へとトラップにかかり、電撃で気絶していく男たち。

結局、終わってみれば二十人以上を拘束。

働かされていた者たちと合わせればなんとこの集落に五十人もの人がいたのだ。

「領主として不甲斐ない……私たちの住んでいるすぐ近くでこれほどの者たちが好き勝手やっていたとは」

マシアス王子としては悔しい限りだろう。

ずっとこのダゴン地方の再建を目指してストーネ村の人たちと頑張ってきたのに、まさかこのような事態になっていようとは。

しかし、とにもかくにもこの場で悪事を働いていた者たちを全員捕らえることができた。強制的に働かされていた人たちからも事情を聞けば、黒幕の存在に近づけるはず。

本格的な調査は騎士団に連絡をして、応援を寄越してもらってからにしよう。

捕まえた男たちを小屋の中へと集め、周りを近衛騎士や冒険者たちで固めていく。これで彼らは逃げられないだろう。

それから、騎士団へ応援要請をするために使者を王都へ送ろうとランビルさんがマシアス王子へ提案して、誰を向かわせるか人選に迷っていたら、近くの茂みで物音が。

「誰だ！　隠れても無駄だぞ！」

ランビルさんが茂みに隠れる者へそう叫ぶ。

彼の言う通り、もはやどこにも逃げ場はない。やがて騎士団が到着すれば、入念に周辺が調査される。関係者もすべて洗い出されるだろうから、どこへ逃げようが無駄なのだ。

茂みに隠れている人物は重々承知しているようで、隠れていたのもわずかな望みにかけようとした結果であったのだろう。むろん、そんな希望はあっさりと打ち砕かれたわけだが。

大勢の屈強で強面な実力者たちに囲まれてついに観念したらしく、隠れていた者がその姿を僕たちの前にさらけ出す。

なんと、現れたのは二十代後半くらいの女性だった。

「あ、あんたは……」

「大臣秘書官のエリデーヌ・クロフォード!?」

どうやら、ランビルさんとマシアス王子は女性と面識があるようだ。

――っていうか、大臣秘書官？

国政においてもかなり重要なポストじゃないのか？

「な、なぜ大臣秘書官である君がこんなマネを？　まさか、裏で糸を引いているのはゾリアン大臣なのか？」

ゾリアン大臣といえば、これまで起きた魔毒絡みの事件や森の封鎖に率先して関わっている人物である。そういった意味では、この森の中で最も自由に振る舞える人物と言っても過言ではない。

だが、同時に国の中枢を担う人物が悪行に加担していたという耳を疑いたくなるような事実を浮き彫りにした。

動揺が広がる中、エリデーヌさんは突然深々と頭を下げた。

「このたびは助けていただき、本当にありがとうございました！」

「なにっ？」

「私は彼らに捕まり、人質として交渉の道具にされる寸前だったのです！」

泣きながら王子に迫るエリデーヌさんであったが、そこへ怖い顔をしたランビルさんが立ちはだかる。

「利用されそうになっていたと言ったが……ではなぜコソコソと隠れていた？　どうしてすぐに我々のもとへ姿を見せなかった？」

「っ⁉」

痛いところを突かれて、エリデーヌさんは表情を強張らせ、なにも言い返せないでいた。必死に言い訳を考えているのだろうけど、詰まってしまう時点で白状しているようなもの。こうなってしまっては、誰も彼女の言葉を信じはしない。

「これ以上の悪巧みはよせ。賢いあんたなら、言い逃れなどできない状況であるのは理解しているはずだ」

「余計なお世話よ！」

ランビルさんに詰め寄られるも必死に否定するエリデーヌさんへトドメを刺すように、マシアス王子が穏やかな口調で続いた。

「エリデーヌ、すべてを打ち明けてくれ」

「う、打ち明けることなど……」

「もし君がゾリアン大臣を庇おうとしているのなら無駄な行為だ。彼はただの秘書官である君を助けようと自らの非を認めるような男ではない。最も近くで大臣の言動を見てきた君ならばよく分かるはずだ」

「ぐぅ……」

最後の言葉を受けて、エリデーヌさんは顔面蒼白となった後、膝から崩れ落ちる。これまで積み上げてきたキャリアが終わりを告げたのだから、そりゃあこんなリアクションにもなるよ。

それにしても……どうやら、ゾリアン大臣は前々からあまり評判のいい人物ではなかったらしい。僕ら一般人にはあまりそうした情報は伝わってこないが、マシアス王子があんなに言うくらいだから大臣に関してこっそり内偵を進めていたのかもしれないな。

「君の知る大臣の情報を吐き出してもらうよ」

「……分かりました」

あきらめてすべてを白状する気になったのか、ゆっくりとエリデーヌさんは立ち上がり――胸元から隠してあった笛を取り出し、吹いた。

「な、なにをしている！」

慌てたランビルさんが笛を取り上げる。

だが、すでに遅かった。

突然激しい横揺れが発生し、僕たちは立っていられなくなる。

「な、なにが起きたんだ⁉」

「地震か⁉」

近衛騎士や冒険者たちは慌てながらも冷静に状況を分析しようと周囲を警戒。

すると、クリフ兄さんのすぐ近くにある地面が大きく盛り上がった。

「っ！　クリフ兄さん！」

「ちぃっ！」

足元の異変に気づいたクリフ兄さんや近くにいた者たちは咄嗟にその場から飛び退く。

やがて、地面から巨大な蛇型のモンスターが出現する。

「な、なんてデカさだ！」

「こんなデカい蛇は見たことがないぞ！」

戦闘経験豊富な近衛騎士や冒険者たちでさえ遭遇した経験のない、二十メートルはありそうな超特大サイズの蛇型モンスターは、とぐろを巻いた状態で舌をチロチロと出し入れしながら僕たちを見下ろす。

「いったいなんなんだ、このモンスターは――って、あれ？　エリデーヌはどこへ行った⁉」

ランビルさんの声を聞き、そこで初めてエリデーヌさんが忽然といなくなっていることに気づいた。この混乱に乗じて逃げ出したようだが、そう簡単にうまくはいかない。

「逃がしません！」

走るエリデーヌさんをルシル姉さんの拘束魔法がキャッチ。

危うく逃がすところだったけど、なんとか捕獲に成功したのだった。

「くっ！　おのれ！」

「悪あがきはよすんだ。あのモンスターを大人しくさせて、持っている情報を教えろ」

「情報？　さあ、なにを言っているのやら……それより、早くここから離れないと、あの大蛇に食べられますよ、マシアス王子。あの様子だと、かなりお腹を空かせているようですからね」

「っ！　お、王子！　ここは我らに任せて退避してください！」

「そういうわけにはいかないよ」

間違いなく、エリデーヌさんによって呼び出されたモンスターなのだが、彼女はしらを切っている。ここまで神経が図太いと逆に尊敬してしまいそうになるけど、そんな暢気な感想を持っている場合じゃないな。

「所詮はただのデカい蛇だ！」

「臆する必要はねぇ！」

「ぶった切ってやるぜ！」

近衛騎士や冒険者たちは王子を守るために大蛇狩りへと乗り出す。

――だが、敵はただのデカい蛇ではなかった。

「シャーッ！」

大きな口を開けたと思ったら、なんとそこから炎を吐き出したのだ。

「うわあっ⁉」

「ぬおおっ⁉」

意表を突く攻撃に回避が間に合わず、多くの者がまともにその炎を浴びてしまう。

「この野郎！　俺の大切な仲間をよくもやりやがったなぁ！」

「パパ！　あたしもいくよ！」

「俺もいきます！」

パーティーメンバーがやられたことで、ザックさんやペティさん、さらにはクリフ兄さんも怒り心頭。それぞれに武器を持って大蛇へと立ち向かうが、炎に阻まれて接近すらできていない。

「もう！　厄介な炎ね！」

「あれでは近づけないな」

「となれば、私の出番ですね」

そう言って魔法の杖を構えるのはルシル姉さんだった。

近距離からの攻撃が難しいとなると、魔法による遠距離攻撃が有効だろう。

「氷魔法で仕留めます！」

ルシル姉さんは大蛇型モンスターが攻撃に夢中となっている隙を捉え、魔力を氷の矢に変えて放った。完全に虚を衝かれた形となり、氷の矢は全弾見事に命中――したのだが、大蛇型モンスターはケロッとしている。

「そ、そんな⁉　無傷だなんて⁉」

間違いなく直撃したはず。

にもかかわらず、まるで何事もなかったかのように大蛇型モンスターは平然としていた。

「魔法攻撃も効かないとは……」

こちらの攻撃手段がすべて防がれてしまい、マシアス王子の額から汗が滴り落ちる。これほど強力なモンスターが控えているとはさすがに想定外であった。

かといって、引き下がるのも難しそうだし、そのうち犠牲者も出てくるだろう。長引けば全滅だってあり得る。なんとかしてこの状況を打破しなくてはならなかった。

――たったひとつだけ、案がある。

しかし、本当に有効であるかどうかは賭けだった。

「アル！」

「ど、どうした？」

「僕をあそこへ連れていってくれ！」

指さしたのは、違法に採掘した魔鉱石を加工するための小屋だった。目的はその近くにある山積みされた魔鉱石。これを入手するため、アルに手伝ってもらおうとしたのだ。

「分かった！　すぐに乗れ！」

「うん！」

すぐに駆けつけたアルの背中に乗り、目的地を目指す。

魔鉱石は魔道具を作る上で最上級の素材。だから、あのモンスターを倒せるだけの威力を持った武器が出来上がるはず。値段が高騰しているから後で弁償しなくちゃいけないかもしれないけど、命のかかったこの状況で銭勘定は後回しだ。

アルは必死になって魔鉱石へと走るが、気づいた大蛇型モンスターが素早い動きで距離を詰めてくる。本能的に僕がやろうとしている行為が自分にとって不利なものであると感じ取ったらしい。

「っ⁉　バカな⁉」

驚いたことに、大蛇型モンスターはアルのスピードのさらに上を行った。このままでは追いつかれてしまう――でも、僕もアルも最後まであきらめない。

モンスターとの距離がさらに近づいた次の瞬間、僕とアルを守るようにふたつの人影が横切っていく。

「大切な家族をやらせるか！」

「私たちが相手をしますよ！」

クリフ兄さんとルシル姉さんだった。

さらに、ふたりの行動に触発された父さん、近衛騎士、冒険者たちが立ちふさがり、壁のようになって俺とアルを守ってくれた。

「子どもたちを守れなくてなにが父親だ！」

「よく言ったぞ、スコット！　ワシらも手を貸してやる！」

「あたしだって！」

「近衛騎士の名にかけてここから先は通さんぞ！」

「みんな……」

ザックさんとペティさん、さらにはランビルさんたちも加わり、僕が魔道具を作るための時間を稼いでくれていた。

「行くんだ、バーニーくん！」

「っ！　マ、マシアス王子!?」

「君の魔道具にすべてをかける！　後は頼んだぞ！」

「は、はい！」

茫然としている場合じゃなかった。ひとりの犠牲者も出さないため、とっておきの魔道具であのモンスターを倒さなくちゃいけない。

魔鉱石のもとへたどり着くと、すぐさま作業へと移る。

「物理も魔法も効かないあの大蛇を倒す術はあるのか？」

珍しく不安そうに尋ねるアル。

神獣である彼でも、あのモンスターは相当危険な存在だと認識しているらしい。そんな相手を倒すのに必要な火力を実現するため、僕はありったけの魔鉱石をつぎ込んで、持ってきた秘密兵器を強化しようとしていた。

その秘密兵器とは――ロドニオ渓谷の戦いでも使用した魔導砲だ。こいつを強化して、硬い皮膚で覆われた大蛇型モンスターの体を貫く一発をお見舞いする。これこそが僕の思い描く討伐の構想だった。

最速で完成できるよう、意識を集中して魔導砲を強化していく。魔鉱石をひとつ、またひとつと素材として使用していくと、徐々に形が見えてきた。

一方、遠くでは大蛇型モンスターを僕たちに近づけまいとするみんなの勇ましい雄叫びが聞こえてくる。僕がこうして魔道具を作っている間も、全員が命をかけて戦っているのが伝わってきた。

「もう少し……もう少しだ……」

ここまできて失敗しないよう細心の注意を払いつつ、でもスピードに気を配りながら作業を進めていき――ついに新たな魔導砲が完成した。

「よし！　これならイケるはずだ！」

あのモンスターを倒せるはずだという手応えはあった。

ただ、問題なのは弾数だ。あれだけの魔鉱石を使用しても、大蛇型モンスターの硬い皮膚を貫けるだけの威力を出そうとしたら一発分しかないのだ。

つまり、なにがあっても失敗は許されない。

絶対に外せない緊張感がつきまとう。

――やるしかない。

「アル、ちょっといい？」

「なんだ？」

「作戦会議だよ」

僕は思いついた策をアルへと説明していく。すると、徐々にアルの表情が強張っていくのが分かった。

「い、いやいや、ちょっと待て。かなり危険じゃないか？　失敗したら――」

「百も承知だよ。でも、もうそれしか手はないんだ」

「ぐぅ……」

語気を強めて迫ると、アルは渋々ながら了承してくれた。

「さあ、みんなのところへ行こう」

「おう！」

新しい魔導砲を手にした僕は、再びアルの背に乗ってモンスターへと突っ込んでいく。

けど、真正面から飛び込んでいくわけではない。

事前の打ち合わせ通り、アルはまず近くにあった木に登っていく。てっぺんにたどり着いても、大蛇型モンスターの頭部は遥か上にあるため、ここからではまだ狙いにくい。

やがて、モンスターは木の上に立つ僕たちの存在に気づく。

「アル！」

「任せろ！」

相手の顔がこちらへと向けられた瞬間、僕はアルに合図を出す。それを受けたアルは木の上からモンスター目がけて飛びかかった。

もちろん、アルが攻撃をするわけじゃない。

しかし、大蛇型モンスターは、背に乗っている人間よりも神獣アルベロスの方が厄介な敵と判断し、丸飲みしようと大きく口を開けた。

これだ。僕はこれを待ち望んでいたのだ。

「今だ！　やれ！」

「うおおおおおおおおおおっ！」

魔導砲に魔力を込めて、大蛇型モンスターの大きく開いた口を目がけて撃ち放つ。はじめは光り輝く球状をしていた魔力がやがて鋭い光の刃となり、モンスターの喉を貫いた。

「シャアアアアアアアア⁉」

口の奥に風穴が開いた大蛇型モンスターは、苦しみにのたうち回る。

効果は絶大。

思わずグッと拳を握り締めたが……問題はここからだった。

魔導砲の威力が想定よりも強すぎて、僕はアルの背中から放り出されていたのだ。モンスターが苦しんでいる姿を見つつ、真っ逆さまに地面へと落ちていく。このままでは頭から落下して無事では済まないのは明白だが、バタバタと両手足を動かすだけで事態が好転する兆しはない。

もうダメだ。でも、みんなが助かったからよかった。

目を閉じ、あきらめと喜びが混ざり合う複雑な感情を抱いていると、ポスン、と優しい衝撃を受けて落下が止まった。

「えっ？」

自分の身になにが起きたのか。とりあえず死んではいないようだが……恐る恐る目を開けると、そこには最愛の家族の姿があった。

「まったく……度胸は認めるが、もう少し後先を考えて行動してくれ」

「本当ですよ。おかげで寿命が縮まった気分です」

「俺もだよ。まったく、誰に似たんだかな」

「間違いなくスコット殿の血筋だと思うな、吾輩は」

クリフ兄さん、ルシル姉さん、父さん、アル――家族みんなが、落下した俺を地上で受け止めてくれていたのだ。

「大丈夫か、バーニー少年！」

「バーニーくん！」

すぐにランビルさんやマシアス王子、さらにザックさんやペティさんたちも僕たちのもとへと駆け寄り、無事だと知ると安心したのかみんな脱力していた。

一方、大蛇型モンスターは悶え苦しんでいたが、ついに力尽きて絶命。切り札を失ったエリデーヌさんは「嘘でしょ……」と放心状態に陥っていた。

なにはともあれ、僕らはこうして最大の危機を乗り越えたのだった。


魔毒の影響で封鎖されていた森は、魔鉱石を違法に採掘及び加工する現場となっていた。

おまけにそこには現役の大臣秘書官が潜んでおり、かなり根深い闇が存在している衝撃の事実が露呈する。

現在は辺境領主とはいえ、王家の人間であるマシアス王子は静かな怒りを胸に秘め、大臣秘書官であるエリデーヌさんからいろいろと事情を聞き出していた。

それが終わると、王子は僕たちが待機している屋敷の応接室へと戻ってきて、これまでに発覚した内容を教えてくれた。

エリデーヌさんは魔鉱石の違法採掘における黒幕がゾリアン大臣であると証言したが、これだけでは決定力に欠けるとのこと。

「大臣はなにがあろうと絶対に認めないだろうね。今回の件も、秘書が自分の名前を語って勝手にやったことだととぼけるに決まっているよ」

「やはり、そうですよね」

これで素直に認めるなら、最初からここまで大それたマネをしないだろう。もっと決定的な証拠を突きつけなくては大臣の尻尾を掴めない。

しかも厄介なのは、王子の命をつけ狙っている可能性がある点だ。

ランビルさんからの報告によれば、大臣はベイカー王子とマシアス王子の兄弟を暗殺し、後釜として自分が王の座に就こうと目論んでいるらしい。だとすれば、今後も暗殺の手が伸びてくる可能性は極めて高かった。

「暗殺か」

けど、マシアス王子自身はあまりピンときていない様子だった。

実際に襲撃を受けているのでもうちょっと危機感を持ってもいいのではないかとハラハラしていたが、実は僕の想像を絶するようなことを王子は考えていたのだ。

「大臣が私を暗殺する気でいるのなら、いっそこの領地へ呼び寄せようと考えている」

さも名案のように言い放つ王子だが、僕らは揃ってポカンと口を開け、すぐには言葉の意味を理解できなかった。

「い、いや、あの、王子？　呼び寄せるというのはどういう意味ですかな？」

恐る恐るランビルさんが尋ねる。

これに対し、王子は変わらずあっけらかんとした態度で答えた。

「大臣の最終的な狙いが私だとすれば、今回の違法採掘の件をちらつかせるだけで簡単に誘い出せると思うんだ」

「そ、そうかもしれませんが……危険すぎます！」

例の違法採掘現場は、あくまでも意表を突くって形だったから割とあっさり制圧できた。

現場を取り仕切っていた男の話では、大臣への報告はいつも秘書官を経由して行われていたらしい。その秘書官は今日一日で加工作業の進捗状況をチェックし、明日には王都へ戻って大臣に口頭報告する手筈となっていた。

つまり、明日のうちに秘書官が戻らなければ、大臣は不審に思って慎重になるかもしれない。

しかし、もしその件で話をしたいと大臣に持ちかければ、「気づかれたのかもしれない」と勘繰るだろう。そうなれば、この機に乗じて多少強引であっても、マシアス王子を葬り去ろうと手を打ってくるはず。

だが、そこがマシアス王子の狙い目だった。

次期国王最有力候補であり、こちらとは近衛兵の数が違いすぎるベイカー王子を手にかけるよりは消しやすいと判断し、勝負をかけてくる――もし大臣が荒い手に打って出ればボロが出やすくなるし、情報も引き出しやすい。

成功すれば黒幕である大臣を捕らえられる。

ただ、かなりの危険が伴う作戦ではあった。

「本当は言い逃れのできないよう、大臣の行動をすべて記録できればいいのだけれど、さすがに難しいからね。みんなに証言してもらおうと思っている」

「し、しかし……」

ランビルさんとしては、王子を危険な目に遭わせることだけは避けたいのだろう。大体、森へ一緒に入るのでさえ納得しきっていたわけじゃなさそうだったし。

しかし……大臣の行動の記録か。

前世ならばボイスレコーダーとか監視カメラとか、相手の行動を証明する道具はいくらでも存在していた。でも、この世界にはそのような技術力はない。

――待てよ。

「もしかしたら……できるかも」

マシアス王子の言っていた、大臣の行動を記録する方法。一般的には不可能でも、僕の持つ【魔道具技師】の能力ならば可能になるかもしれない。

早速、俺はそれを王子に伝える。

「本当かい!?」

途端に、マシアス王子は前のめりになる。

「で、でも、これまでにない魔道具ですから、準備には少し時間がかかるかもしれません」

「そうか……どれほどかかる?」

「明日一日あればなんとかなるかと」

「なら助かる。よろしく頼むよ。では、改めて作戦を練るとしようか」

王子はヤル気満々だった。

さっきまで必死に止めていたランビルさんだったが、さすがにこれ以上はなにを言っても聞かないだろうと判断したらしく、自分たち近衛騎士が死ぬ気で守ろうという方向へシフトしたようだ。

まあ、ここが大臣を捕らえられる最大にして唯一のチャンスだろう。

かなり周到な性格をしているようだからな、ゾリアン大臣は。秘書官が捕まり、作業に従事していた者たちもすべて身柄を拘束されている非常事態だと知られていない今なら、綻びが生まれやすくなる。

そこで、決定的な行動を記録できればさすがに言い逃れはできない。

――って、そうなると、やっぱり僕の魔道具が大きな鍵を握ることになりそうだ。

これは気合を入れて魔道具作りに励もうと心に決めた。

第七章　この世界で生きていく

ダゴン地方で行われていた違法採掘現場を取り押さえた次の日。

すべての事件の背後に絡んでいたゾリアン大臣を捕らえるため、僕たちは新たな手を打つことにし、早速この日から動き始める。

まず、大臣をダゴン地方におびき出すため、王子は使者を王都へと送った。

移動中だった秘書官が負傷し、現在領主である自分の屋敷で保護していると伝えて大臣の動きを探るつもりだ。

ただ、この連絡を受けた大臣は気が気じゃないだろう。

違法に採掘した魔鉱石の加工状況を報告させるために秘書官を送り込んでいたことがバレるのを恐れるはず。そうなれば、大臣自らが動く可能性も出てくる。

「さて……彼はどう返事をするかな？」

屋敷の庭で優雅に朝食後の紅茶を飲みながら、王子は険しい顔で呟く。

この返事次第で、今後の作戦は変わるので無理もないか。

一方、僕たちカールトン家や冒険者組は動きがあるまで待機中。その間、ザックさんやペティさんはこの地のダンジョンについて、ストーネ村の村長であるゼルスさんからいろいろと話を聞いているようだった。

マシアス王子からダゴン地方の再建を目指していると聞いたザックさんは、自分たちにもなにか協力できないかと申し出て、アドバイスをしようとしているらしい。

どうやら、ザックさんはマシアス王子を気に入ったようだ。

王家の人間でありながら、自分の命を惜しまず敵に挑む姿勢や、国民目線で物事を考えているあたりが決め手だったみたいだ。このふたりが手を組めば、ダゴン地方の再建はグッと進むだろうな。

それを実現させるためにも、僕は王子の言っていた大臣の行動を記録できる魔道具作りに着手する――のだが、いきなり暗礁に乗り上げていた。

魔道具作りのためだけに用意してくれた部屋で、僕は前世の知識を頼りに魔道具の構想を練っていく。

真っ先に思い浮かんだのは、録音と録画ができる魔道具だ。

とはいえ、この世界でそういった課題をクリアするとなったら、いったいどんな方法がいいのだろうか。タブレットＰＣでもあれば一発で解決しそうなのだが、さすがにそんな都合のいい物はないし。

「なにか取って代わる物はないか……うん？」

ヒントになるようなアイテムでも転がっていないかと部屋を見回していたら、テーブルの上に小さな水晶玉が置かれているのに気づいた。

「インテリアなのかな？」

ゆっくり近づいていくと——突然、稲妻に打たれたような衝撃が脳内に走り、素晴らしいアイディアが浮かんだのだ。

「いいぞ！　こいつといくつか魔鉱石をくっつければ、狙い通りの魔道具が完成するはず！」

欲しかった魔道具を作る目途は立った。

この水晶を魔道具に改造して使用する許可をマシアス王子からもらおうと部屋から出ようとした時、ルシル姉さんが「昼食ですよ」と呼びに来た。

「もうお昼なのか」

これからって時にタイミングが悪いなぁと残念に思いつつ廊下に出ると、ちょうど僕と姉さんのすぐ横を近衛騎士のひとりが血相を変えて走り抜けていった。

「ず、随分と急いでいたみたいだけど……」

「ひょっとして、大臣からの返事が来たのでしょうか」

「行ってみようよ、姉さん」

「そうね」

大人たちの騒々しい動きが気になった僕とルシル姉さんは、近衛騎士の後を追って駆け出す。

たどり着いた先はマシアス王子の執務室だった。さっきの近衛騎士はこの中に入っていったようだ。

ルシル姉さんがノックをしようと近づくと、ドアが開いた。中から出てきたのは部屋の主であるマシアス王子と先ほど見かけた近衛騎士、さらにザックさんにクリフ兄さんにペティさんという《陽炎》の主要メンバーであった。

「クリフ兄さん？　ここでなにを？」

「大臣からの返事が来たらしいので、聞きに来たんだが……バーニーの方こそ、ルシルと一緒にどうしたんだ？」

「近衛騎士さんが慌てた様子で走っていったのでトラブルでもあったんじゃないかと」

「鋭いね。ちょうど昼食もできたようだし、そこで話をしよう」

マシアス王子はポンと手を叩き、そう提案する。

これにより、急遽昼食は立食形式となり、会場も大勢が一度に集まれる屋外へと変更になったのだった。


迎えたランチタイム。

屋敷の庭にいくつものテーブルが用意され、そこに料理が並べられていく。

今回の食事は王子のもとへと届いた大臣からの返事の内容と、今後どのような策で大臣を迎え撃つかを説明するため、さらに作戦の成功を祈った決起集会の三つの意味が込められていた。

「では諸君、まずは大臣からどのような返事が来たのか、かい摘んで読み上げよう」

マシアス王子が、大臣の使者を通じて届けられた手紙の音読を始める。

それによると、大臣は準備を整えてから王都を発ち、二日後にはダゴン地方へとやってくるらしい。

「二日後……」

つまり、これが魔道具作りのタイムリミット。

大臣が到着するよりも先に、なんとしても録音と録画機能を搭載した水晶玉を作り出さなくてはいけない。

奇妙なのは、マシアス王子に例の違法採掘現場がある森の入口で待つよう指示を出していたことだった。手紙の中では、自分の配下の兵士を連れていくので互いの戦力を合わせて一網打尽にしようと書かれていたらしい。

……確実に裏がある。

きっと、大臣としては違法採掘現場にいる者たちと自分の息のかかった兵士たちで、マシアス王子や近衛騎士たちを抹殺しようと目論んでいるのだろう。

当然、王子もそのシナリオは読んでいた。

「大臣はそこで必ず私の命を狙ってくるはずだ」

真剣な王子の言葉に、場は騒然となる。

まあ、大臣からしてみればこれは千載一遇のチャンス。標的のひとりであるマシアス王子を消しつつ、違法採掘現場の件ももみ消せるのだから。

だが、あちらは現場が僕たちによって制圧されているという事実を知らない。違法採掘現場を監視していると手紙の中でマシアス王子は説明しているため、迂闊に使者を送ってくるようなマネもしないだろう。大臣はなにも知らない状態のまま、このダゴン地方へと足を運んでくるのだ。

残り二日の間に入念な準備をし、万全の状態で大臣を迎え撃てるようにしておかないと。

「冒険者の諸君には森の調査でとても世話になった。――しかし、もう少しの間だけ、私に力を貸してくれないだろうか」

集まった多くの冒険者に対し、マシアス王子は頭を下げながらそう告げた。この対応に、冒険者たちはもちろん、近衛騎士たちも驚愕する。一国の王子が冒険者相手に頭を下げたのだから無理もない。

もちろん、近衛騎士たちが頼りないからお願いしているわけじゃない。ランビルさんたちも重々承知しているだろう。

魔法兵団が大臣の手中に落ちている可能性が高い中で、「大臣の悪事を白日の下にさらす手助けをしてほしい」と依頼なんてしたら、まず間違いなく大臣サイドにこちらの狙いがバレてしまう。

なので、現有戦力で挑むしかないのだ。

今回の違法採掘現場取り押さえの件を通し、マシアス王子は《陽炎》への信頼を深めているようだし、ザックさんたちからしても、王家の人間と親しくしておくことは今後の冒険者生活において大きなプラスとなるはず。

……とはいえ、相手は頑固で有名なザックさん。

自分が気に入らないものに関しては採算度外視で徹底した態度を取る。

そんな彼の判断は――。

「喜んで引き受けよう」

当然の快諾だった。

クリフ兄さんたちはこの返事が意外だったようで、みんな一斉にザックさんの方へと顔を向ける。そのザックさんは周りの反応は想定済みだったらしく、すぐに理由を説明し始める。

「ワシは王家とか貴族のような気取った連中は大嫌いだが……王子、あんたは違う。ストーネ村の連中の態度で大体は察していたが、今回の件を通して骨のある人物と分かり、気に入ったよ」

相手は王子だというのにこの口調。不敬罪で捕らえられそうなものだが、不思議とザックさんが言うと違和感がない。周りにいるランビルさんをはじめとした近衛騎士たちも動く気配がまったくなかった。

一方、快諾を受けた王子は「ありがとう」と礼を述べ、再び頭を下げる。

こうして、引き続き《陽炎》の協力を得ることになったマシアス王子だった。

◇◇◇

次の日から、大臣を捕えるための準備が進められた。

違法採掘現場近くには多くの近衛騎士や冒険者を配置し、さらにルシル姉さんが結界魔法を張り巡らせるなど厳重な警戒態勢を敷く。これで大臣の使者がコンタクトを取ろうとしてくれればすぐに分かる。

用心深い大臣なので秘書官であるエリデーヌさんに連絡を入れるかもしれないと思われていたが、王子の「監視している」という言葉がよほど引っかかったのか、特になにもしてこなかった。

或いは、すべての罪を秘書官に擦りつけた後で現場を取り押さえ、自分は知らぬ存ぜぬを貫き通すのかもしれない。

マシアス王子は大臣を煽り倒して真の狙いを吐かせようと、なにやら策を練っているようだ。

一方、僕は例の製作部屋にこもり、魔道具を作り続けていた――のだが、これが思いのほか難航している。

「やっぱり、無茶だったのかな」

すっかり自信喪失状態に陥ってしまった僕――だけど、落ち込んでいる暇はない。こうしている間にも、時間は確実に過ぎていくのだ。できませんでしたでは作戦自体が流れてしまう。

あきらめず、もう一度意識を集中してジョブの能力を発動させる。

掲げた手の先には、マシアス王子から使用許可をもらったあの水晶玉があった。ポケットに収まる手の平サイズで、持ち運びにも便利ときている。こいつを活用できれば、大臣の悪行の証拠を押さえられるんだ。

「あと少し」

魔道具に対するイメージを大きく、そして具体的に頭の中で練り上げていく。魔導砲や魔銃よりもさらに複雑な構造をしている分、ここが完成の大きな鍵となるのだ。

「ぐぬぬ……よし！」

苦労に苦労を重ねた結果――ついに録音と録画機能を搭載した水晶型の魔道具が完成。

安堵のため息を漏らすにはまだ早い。きちんと作動するかどうかチェックをしてからでなければ、真の意味で完成とは言わないのだ。

「アル、ちょっといい？」

「む？　なんだ？　完成したのか？」

部屋で寝ていたアルを起こし、作動テストに付き合ってもらう。

「そいつが例の魔道具か。どういった物か説明を受けたが、あの時はピンとこなかったな」

「実際に使ってみれば分かるよ。――というわけで、なにかしゃべって」

「また随分と急だな……」

録音と録画機能が正常に働くかどうかを調べるにはそれが一番手っ取り早い。僕はアルにいろんな動きや話し方を指示し、水晶型の魔道具に記録させていく。一定のサンプルが集まると、いよいよ再生チェックだ。

「さて、どうかな」

恐る恐る魔力を注いで魔道具を動かしてみると、そこにはアルの動作や声がバッチリ記録されていた。音質や画質も、想定していたよりずっと綺麗だ。

あとはこれをもとにして量産し、あちこちに仕掛けておけば大臣の言動を漏らさず記録できるだろう。

「思っていた以上の出来栄えだ。あとは量産できるかどうかだな」

量産した途端に性能が落ちるかもしれないからな。念のためにチェックをしておきたいといくつか同じような物を作ってみたが――結果は問題なし。クオリティに落差はなかった。

「よし、いい出来だ。これなら作戦もきっと成功するぞ」

なんといっても、マシアス王子が身を挺して大臣の悪事を暴こうとしているんだ。ハンパな魔道具を用意するわけにはいかないからな。

「では、すぐにでも知らせた方がよいのではないか？」

「そ、そうだ！　今から王子のところへ行こう！」

僕とアルは部屋を飛び出すと、早速完成した魔道具を持ってマシアス王子を捜索。途中で会ったメイドさんから中庭にいると教わり、すぐさま方向転換してそこを目指す。

しばらく屋敷内を走っていると、ガラス扉の向こうに広がる中庭が視界に入った。そこで空を眺めながらたたずんでいる王子を発見する。

「マシアス様！」

「おや、そんなに慌ててどうしたんだい？」

声をかけた瞬間、王子はいつもの調子に戻っていた。周りには決して悩んだり困ったりした姿を晒したりはしないって気持ちが垣間見える。

――っと、今はそれよりも魔道具が完成したと伝えなくちゃ。

「お話ししていた例の魔道具が出来上がりました。すでに効果は試し終えていて、問題なく扱えますし、量産にも成功しました」

「本当か！　よくやってくれたぞ！」

マシアス王子はテンション高めに僕の頭を優しくポンポンと叩く。

ここまではいつも通りなのだが、なぜか急に大人しくなってしまう。変だなと思って顔を見ると、少し強張っているように映った。

「不安ですか?」

自然と、そんな言葉が口をついた。

「えっ?」

「あっ、いや……大臣たちは間違いなくマシアス様を狙ってくるでしょうから――」

そこまで言って、僕は口を手でふさいだ。

迂闊だった。

明らかに不安がっている王子をさらに動揺させるような発言……慌てて止めたけど、きっと王子には僕が言いたかった内容が伝わっただろう。勘のいい人だからな。

「心配してくれてありがとう、バーニーくん。私なら平気だよ。当日はみんなが守ってくれるからね」

そう語るマシアス王子だが、表情は変わらず冴えない。

なんとか、魔道具作り以外でも王子の力になれないかと必死に頭を絞り、捻り出した答えを口にする。

「あ、あの、僕は子どもですから……政治とかそういうのは分からなくて……だから、なにを話しても問題ないと思うんです」

「うん? そ、そうだね?」

「バーニーよ……それでは通じないのではないか？」

「うっ……」

ちょっと自覚はあった。

何事も焦ってはダメだな。

深呼吸をしてから、もう一度自分の嘘偽りない思いを吐き出す。

「つ、つまり、僕にはなんでも話してください、マシアス様！」

「っ！　……ははは、そういうことか」

少し考えた後、マシアス王子はこちらの発言の意図を理解してくれたようで苦笑いを浮かべたが、その表情から先ほどのような強張りは消え失せていた。

「マシアス様は僕たちが守りますから、安心してください」

「頼もしいな。けど、君はまだ子どもなんだから、大蛇型モンスターと戦った時のような無茶は控えてくれると嬉しいな。正直、私はあの時に君が死んでしまうのではないかとヒヤヒヤしていたんだ」

「そ、そうだったんですか？」

この話題をきっかけに、マシアス王子との会話が弾んでいった。年齢も身分もまったく違うけど、横たわるアルの背中に身を預けながら話している間は年の離れた仲の良い友人同士のようなやりとりができていたのだ。

「いやぁ、こんなに話したのっていつ以来かな」

夕暮れになった頃、王子は立ち上がって体を伸ばし、オレンジ色に染まる空を眺めながらそうこぼした。

王子として生きる……それはきっと、前世からずっと平民だった僕には想像もつかないプレッシャーとの戦いだろう。おまけに、今回のように命を狙われる危険も伴う。

でも、マシアス王子はなにも悪くないどころか、国民のために辺境領地を盛り上げようと自らの意志で領主にまでなっている。そんな王子の命を狙うなんて許せない。

明日――なにがあっても王子を守ろう。

静かに夕陽へとそう誓うのだった。

◇◇◇

夜が明け、ついに大臣がダゴン地方を訪れる当日となった。

「いよいよか」

危険なダンジョンに挑む際も堂々とした立ち振る舞いで、メンバーたちから頼られているザックさんも、さすがに緊張した面持ちだった。僕やルシル姉さんはあまりそういった感じを受けなかったのだが、毎日顔を合わせているクリフ兄さんやペティさんはザックさんのいつもと違う様子に気を引き締めていた。

やがてそれは参戦している冒険者たちに伝播していき、なんだか辺りには異様な雰囲気が漂っている。

「みんな緊張しているみたいですね」

「今回の結果次第でこのダゴン地方の未来が決まるようなものだからね」

僕とルシル姉さんも準備を整えつつ、気合を入れ直す。

大臣と例の違法採掘現場で顔を合わせるのは昼前。

すでに身柄を拘束した大臣秘書のエリデーヌや彼女の指示で動いていた者たちは、ルシル姉さんの拘束魔法で身動きを封じてある。

僕たち平民組は森の周辺に潜み、マシアス王子とランビルさん率いる近衛騎士たちの動向を見守っていた。先遣隊からの情報によると、すでに大臣は王都を出てこちらへと向かっているらしいのだが、問題は大臣が引き連れている兵士の数が多いという点だ。

彼らの着ている統一された制服から、所属は魔法兵団と想定される。やはり、大臣とはズブズブの関係だったようだな。

中には事情を知らない兵士も含まれているのだろうが、間違いなく上層部は大臣の悪行を知っており、彼のひと声で集められた戦力だろう。先遣隊の話では、まるで他の国と戦争でも起こそうとしているのかと疑ってしまうほどだったという。

大臣の身の安全を確保するにしても過剰な戦力……やはり、なにかを仕掛けてくる気なのだろうか。

「護衛のためについてきている魔法使いたちがすべて敵に回ったとしたら……私たちだけで食い止められるかしら」

先遣隊から得た情報を振り返ると、ペティさんは不安そうに呟く。

だが、そんな揺れ動く心をビシッと正したのはクリフ兄さんだった。

「怖がるな、ペティ。どのみち俺たちがここで大臣の暴挙を止められなかったら……兄であるベイカー王子にも魔の手が伸びるだろうし、そうなったらラトルバ王国に未来はない」

「クリフ兄さんの言う通りですね。ストーネ鉱山で違法採掘を繰り返し、そこで得た魔鉱石を他国へ売りさばいて私腹を肥やしているような人が国のトップになったら終わりですよ」

ルシル姉さんの言葉にはハッキリと怒りの感情が滲んでいた。

そういえば、姉さんの希望進路は魔法兵団だったな。

全員が加担しているわけじゃないのは十分理解しているのだろうけど、やるせない気持ちは少なからず持っているようだ。

ペティさんも、兄さんと姉さんの話を聞いて弱気が吹き飛んだらしい。表情にいつもの強気が戻ってきている。

「ほぉ……やるじゃねぇか、クリフの野郎」

この状況に目を細めていたのはザックさんだった。

パーティーでも期待の若手であるクリフ兄さんが周りを盛り立てている姿に頼もしさを感じているようだ。

さて、こちらの士気が上がってきたのとほぼ同時に——とうとうヤツらが姿を見せた。

「っ！　みんなに静かに……大臣たちが到着したようだぞ」

小声でクリフ兄さんが教えてくれた直後、僕たちは身をかがめて採掘現場近くの茂みに隠れる。視線の先には真っ直ぐ前を見据えるマシアス王子と、険しい顔つきをしたランビルさんたちが映る。

息を殺しながらさらに待っていると、大臣を乗せた馬車と周囲を固める魔法兵団の兵士たちがこちらへと近づいてくる。

その光景を眺めていると、なんだか不思議な気持ちになってきた。

ゾリアン大臣も魔法兵団の兵士たちも、いつもなら僕らの住む王都を守ってくれる頼もしい存在なのだが、裏事情を知ってしまった今ではもうそんな風には思えない。たぶん、この場にいる全員が感じていることだろう。

王子たちの待つ場所から十メートルほど手前で馬車は止まり、そこから大臣がゆっくりと降りてくる。

「お出迎えいただき恐縮です、マシアス王子」

「少しでも早くあなたに真実を伝えたかったのでね」

すでに違法採掘現場の周辺には映像と音声を記録できる水晶があちこちに設置してある。

あとは大臣から自白を引き出すのみ。

――が、これが最も難しい。

かなり慎重な性格らしいからなぁ……そう簡単に尻尾は出さないだろう。

「魔鉱石の違法採掘現場が発見されたという話でしたが、そこはどちらですかな?」

「こっちだ。ついてきてくれ」

事前の打ち合わせ通り、マシアス王子は違法採掘現場へと大臣と護衛のためについてきた兵士たちを案内する。

ただ、大臣からすると気が気じゃないよな。

だって、本来ならここでは秘書を含めて自分の息のかかった者たちで固め、他国へ魔鉱石を売りさばくための作業場があるはずなのだが、今では跡形もなく撤去されている。王子から連絡を受けた際に捕らえられている事実は知っているはずなので、そこから情報が漏れていないか、気にかけているのかもしれない。

しかし、ここまでの大臣の言動ではそれを確認できなかった。

さすがにそこは百戦錬磨の政治家。当初の予想通り、そう易々とボロは出さないだろう。なんかもう、面構えから伝わってくるよ。

けど、マシアス王子の方も負けてはいない。

毅然とした態度でゾリアン大臣に状況を説明していく。

「以上の内容から、私は今回の件……裏に強大な力を持った者が絡んでいるのではないかと推測している」

かなり切り込んだ意見を言い放つマシアス王子であったが、肝心のゾリアン大臣は眉ひとつ動かさず冷静に対処する。

「……捕らえた者たちは今どちらに？」

「近くにある連中の作業小屋に押し込めてある」

「でしたら、魔法兵団の方で身柄を預かりましょう」

ここで第三の存在が会話に入り込んだ。

あれは……確か、魔法兵団のレイノルズ副団長じゃないか？

まさかの人物登場にまず反応を示したのはルシル姉さんだった。

「レ、レイノルズ副団長が……まさかここまでの大物が絡んでいるなんて」

「副団長だと？」

「そ、それってヤバくない？　魔法兵団で二番目に力を持っている人ってことでしょう？」

これにはクリフ兄さんとペティさんも動揺を隠せない。僕としても、まさか副団長なんてビッグネームが登場するとは夢にも思っていなかった——けど、本来なら政治と無関係なはずの副団長が、大臣の側近のように振る舞っているのだから、彼も今回の件では根深い関わりがありそうだ。

とりあえず、魔法兵団の闇は彼らを捕まえてから吐かせるとして……問題は方法だ。

「さあ、ご案内いただけますかな、マシアス王子」

「……随分と急かすのだな」

迫るレイノルズ副団長に、マシアス王子は怯むことなく言い放った。

「相手は悪党ですからね。どんな手を隠し持っているか分かったものではありませんので」

「まるで彼らのことをよく知っているような口ぶりじゃないか」

「どういう意味ですかな？」

今度はゾリアン大臣が低い声で尋ねる――が、マシアス王子は怯む様子もなく立ち向かっていく。むしろ、周りにいるランビルさんたちの方がハラハラしているようだ。

「五年前に起きた魔毒事件により、この周囲は魔法兵団によって立ち入り禁止となっていたはず……にもかかわらず、これほどの大規模な発掘作業が行われているのは不自然極まりない」

「なにがおっしゃりたいのですかな、マシアス王子」

ちょっと顔が引きつり出しているレイノルズ副団長へ、マシアス王子はついに核心を突くひと言を告げた。

「私は魔鉱石の違法採掘に魔法兵団が組織ぐるみで関与していると思っている。そして、裏で操っていたのは――あなたではないですか、ゾリアン大臣」

「お、王子！　今の発言は聞き捨てなりませんぞ！」

レイノルズ副団長は激高し、マシアス王子に詰め寄る。

しかし、制止したのは疑いをかけられた大臣本人だった。

「あなたほどの方がなんの根拠もなく人を疑うはずがありません。なにか、確証があるのでしょうな？」

「もちろんです」

「…………」

間髪を容れずに王子が断言すると、変化のなかった大臣の表情にわずかながら歪みが生じる。

ピクッと眉が動き、連動するように目を細めたのだ。僕は大臣のこうした仕草に獲物へ狙いを定める猛禽類の姿が重なって見えた。

「どうやら、レイノルズ副団長に同行してもらった判断は正しかったようだ」

「そのようですな」

ゾリアン大臣が目配せをすると、レイノルズ副団長が王子の前に立ち、全身に強大な魔力をまとった。明らかな攻撃の意思が現れている。

「な、なにをなさるおつもりか！」

危険を察知したランビルさんが王子とレイノルズ副団長の間に割って入った。

「ランビルか。そこをどけ」

「できません！」

「……忠告はしたぞ？」

会話を終えると、レイノルズ副団長は「はあ」とため息をつき、ランビルさんへと右手をかざす。大きく広げられた手の平に魔力が集結し始めた次の瞬間――魔力は突風となって前方に立つランビルさんを襲った。

「ぐあああああっ⁉」

わけが分からないまま吹っ飛ばされたランビルさんは、作業小屋の壁に叩きつけられる。それだけでは終わらず、壁をぶち破って小屋の中にまで入っていった。

な、なんて威力だ。僕の持つ魔導砲に匹敵するぞ。

「避けもしないとは……近衛騎士が聞いて呆れる」

「ラ、ランビル⁉」

「ランビル隊長！」

しばらく茫然としていたマシアス王子や近衛騎士たちも、レイノルズ副団長が吐き捨てるように放った言葉を耳にしてようやく事態を呑み込み、ランビルさんへと駆け寄った。

「ひ、ひどいことを……」

我慢の限界に達したルシル姉さんは、魔法の杖を強く握り締めて飛び出そうとする――のを、クリフ兄さんが腕を掴んで止めた。

「落ち着け、ルシル」

「で、でも――」

「ここで出ていったら、大臣からの証言は二度と取れない。だからみんな飛び出さないし、ザックさんもサインを出さないんだ。迂闊な行動でランビルさんの負傷を無駄にはできない――だろう？」

「うっ……」

説き伏せられたルシル姉さんは、おとなしくその場へと座り込んだ。

一方、冷静にそう語るクリフ兄さんだが、心中は決して穏やかではないだろう。本当はルシル姉さんと同じように今すぐにでもレイノルズ副団長に殴りかかりたいのを必死になってこらえているのだ。

実際、兄さんの判断は正しい。

まだゾリアン大臣は今回の件についてなにも語ってはいないのだ。周りで待機しているみんなもグッとこらえて大臣がボロを出すのを待っていた。僕らを含め、全員が必死に怒りを抑え込んだおかげで、とうとう大臣は勝利を確信したのか、気持ちに緩みが生じたようだ。

「いやはや、お見事な推察でしたよ、マシアス様……よもやそこまで見抜かれているとは驚きました」

パチパチと拍手をしながら、王子たちの方へ移動するゾリアン大臣。対して、マシアス王子は迎え撃つように大臣を見据える。

「思った通り、あなたは邪魔な存在となった……」

「やはり貴様が黒幕だったか」

「いかにも」

ついに大臣が一連の事件の黒幕であると自供し、それを耳にしたマシアス王子の声は自然と鋭くなる。

「なぜこのようなマネを！」

「このストーネ鉱山にはまだまだ魔鉱石が豊富に眠っている。これを軍事転用できればラトルバ王国はどこの国にも負けない最強の国家となり得る——が、現国王陛下も次期国王の最有力候補であるベイカー様もまるで関心を抱かず、宝の山を前にして足踏み状態だった」

この場で消すと決めているためか、とうとう敬語ではなくなった。さらに、己の思惑を語る大臣の表情には悔しさや無念さが滲み出ている。王家の人間が自分の狙い通りに動かなかったことがよほど腹立たしかったようだな。

それにしたって、ここで採掘される魔鉱石を軍事転用して他国に侵略戦争を仕掛けようとするとは……ゾリアン大臣って、とんでもない野心家だったんだな。そりゃあ平和路線を貫こうとする今の王家のやり方はぬるいと感じるはずだよ。

でも、多くの国民にとっては、そのぬるい政策の方がいいと思う。実際、王都に暮らす人々で現状の生活に不満を持っている人は少ないんじゃないかな。王家に対する不平不満は耳にしないし、貧困にあえぐ民には救いの手を差し伸べている。こうした政策で救われた者も少なくないのだ。

対して、ゾリアン大臣のやろうとしている侵略ありきの政策は国民に不幸を呼ぶ未来しか想像できない。仮に国民の生活に支障はなくても、侵略された他国は最悪の結末を迎えることになる。勘弁してもらいたいな。

「こちらのレイノルズ副団長が私の意向に賛同してくれてね。おかげで魔鉱石の発掘体制を整える時間を稼げたよ」

「当然の判断を下したまでですよ。騎士団の連中は腑抜けばかりだから他国との戦争を頑なに避けようと王家に忠誠心を持っているようだが、あれではダメだ。この国が持つ力を存分に発揮して世界を手に入れようとするゾリアン大臣の野心こそ尊重されるべきなのだよ」

大臣だけでなく、レイノルズ副団長もペラペラと自らの悪行を語っていく。

なにが起きてもこの状況から翻るはずがないと自信に満ち溢れた表情であった。こうした態度からも、相当な戦力を引き連れてきたというのがうかがえるな。

「さて、おしゃべりはこのくらいにしようか。想定よりも気づかれるのが早かったのは誤算だが……まあ、いい。このような辺境の地で小数戦力のみ引き連れて領主生活をしているおかげで始末には手こずらないのだから」

不穏なオーラをまとうゾリアン大臣はゆっくりと右手を上げる。

次の瞬間、魔法兵団の兵士たちは攻撃態勢へと移った。

すでに彼らの悪事は例の水晶型魔道具でバッチリ記録されている。ここからは王子を守るための戦いだ。

「頃合いだな」

そう言って、ザックさんがゆっくりと腰を上げる。

「やってくれ、アル」

「おう！」

ザックさんはここが勝負どころだと判断したらしく、事前に決めていた合図を出すようアルに叫ぶ。

その合図とは――アルの遠吠えだ。

「ウオオオオオオオオオン！」

森の中に響き渡る雄々しい雄叫び。

「な、何事だ⁉」

ゾリアン大臣やレイノルズ副団長、さらには取り巻きの兵士たちも突然の事態に狼狽している。そこへ颯爽と僕たちを含めた《陽炎》のメンバーが彼らの進行を妨げるように立ちふさがった。

「おやおや……なにやら周りで様子をうかがっている気配は感じましたが……まさか冒険者パーティーと結託していたとは驚きですな」

最初は警戒していた大臣たちであったが、現れたのが冒険者たちであると知った途端に安堵した。完全になめられている。

「本来ならば騎士団に応援を要請したいところだが、すぐに私に勘づかれると判断したのは素晴らしい読みだ——が、相手に冒険者を選んだのはナンセンスだったな」

レイノルズ副団長が言い終えると同時に、兵士たちが一斉にこちらへと襲いかかってきた。

「野郎ども！　コケにされたままじゃいられねぇよなぁ！　なにがなんでもマシアス王子を守りやがれ！」

「「「「おおおおおおおおおおう！」」」」

真正面からぶつかり合う魔法兵団と《陽炎》。

当然、僕もアルの背中に跨ってこの戦いに参加する。

とはいえ、まともにやり合って六歳児が生き残れるはずもないので、兵士たちを戦闘不能へと追いやるための新たな魔道具を披露することに。

それは以前、学園で大暴れする牛型モンスターを沈黙させた魔銃をよりコンパクトにした代物で、サイズとしてはピストルくらいだ。もちろん、こいつにはとっておきの仕掛けが施されている。

狙うは敵の大将であるレイノルズ副団長——だったのだが、阻むように複数の兵士が僕とアルの前に立ちはだかる。

「ガキだからって容赦しねぇぞ！」

ガラの悪い兵士たちが、こちらへ魔法を放とうと魔力を高めている。そんな彼らの熱せられた頭を冷やす意味も込めて、僕は新型魔銃を撃つ。

「う、うおっ⁉」

「な、なんだ、これは⁉」

魔銃から放たれたのは液体。それを顔面に食らった兵士たちだが、最初こそ焦っていたものの、特に異変がないと気づくや否や、再び強気の態度に出る。

「このガキ！　驚かせやがって！」

「大人をからかうと痛い目を見るって教えてやらなきゃなぁ」

迫りくる兵士たちだったが、徐々に液体の効果が出始める。

「ぐっ……なんだ、こりゃ」

「ど、どうなってやがる……」

膝から崩れ落ちていく兵士たちは地面に仰向けとなり、豪快ないびきをかき出した。

「メイドさんたちの言っていた通り、凄い効果だな」

あの水――実は、マシアス王子の屋敷の庭でメイドさんたちが育てていた安眠効果のある薬草をお願いして少し分けてもらい、それを混ぜ込んである。本来は多忙の王子がゆったりと寝られるよう就寝前にハーブティーとして出すそうだが、魔道具と組み合わせることでこうした効果も得られるのだ。

これによって魔法兵団側の戦力はどんどん減少していき、ついに《陽炎》の数を下回った。

さらに彼らの誤算となったのは、《陽炎》の面々が魔法への対処法をバッチリ心得ていたことだろう。冒険者の中には元魔法兵団の兵士という肩書を持っている者もおり、そういった連中が悪質なタチだったりすると戦闘に発展するケースも多々ある。長らくその世界で活躍してきた《陽炎》のメンバーは、こうした悪徳魔法使いと過去に何度か戦った経験があり、それがしっかり生かされているようだ。

魔銃の効果で戦力を削げたし、このまま押しきれそうだ。

情勢が有利に傾きつつあると確信した――直後、突風に煽られた僕はアルの背中から落ちてしまう。

「うわっ⁉」

いったいなにが起きたのかよく理解できないまま、なんとか立ち上がろうとする。戦線へ戻らなくてはと顔を上げた瞬間、視界に入ったのは何者かの足だった。

「戦況をかき乱していたのがこんな子どもだったとはな……」

鋭く細められた冷たい目で僕を見下ろしていたのはレイノルズ副団長だった。

「好き勝手やってくれたが、それもここまでだ。——消えてもらう」

全身を覆う魔力がバチバチと音を立てながら雷へと変化。これだけの威力がある魔法を至近距離から食らえば……命はない。

防ぎようもない攻撃を前に、僕は成す術なくただ目を閉じて身をかがめる。

——その時だった。

「淀んだ魔力ですね」

「まったくだ」

聞き慣れた声に目を開けると、レイノルズ副団長の魔力が突然消滅。そこには弟のピンチに颯爽とかけつけた頼もしい兄と姉の背中があった。

「ルシル姉さん！　クリフ兄さん！」

「もう大丈夫よ、バーニー」

「あとは俺たちが引き受けよう」

魔法兵団の副団長を前にしても、ふたりに臆した様子はない。逆に、その気迫にレイノルズ副団長の方が押されている節さえある。

「ガキどもが……なめるな！」

激高したレイノルズ副団長は、クリフ兄さんとルシル姉さんへ炎魔法を放った。魔力によっ

て生み出された火は、その形を槍へと変化させてふたりに迫る。素人目にも、かなり高威力の魔法であるのはすぐに察せられた。

「危ない！」

思わず叫ぶが——僕の心配は杞憂に終わる。

「はあぁっ！」

レイノルズ副団長の炎魔法に対し、ルシル姉さんは水魔法でそれを打ち消した。

「なにぃっ⁉」

まさかの消滅に驚愕する副団長。

本来、炎は水で消せるのだからこの結果は当然のように思えるが、こと魔法によって生みだされたものに関しては事情が違ってくる。

ルシル姉さんの魔法はレイノルズ副団長の魔法を呑み込んでいた。相性とか関係なく、純粋な威力で上回ったのだ。

自分の魔法が消滅した事実を目の当たりにし、レイノルズ副団長は茫然自失。

それはそうだろうな。

相手はまだ学園に通っている学生で、年齢も三分の一くらい。子ども相手に真っ向からぶつかって力負けしたのだから、これ以上の屈辱はないだろう。

だが、レイノルズ副団長はわずか一、二分のやりとりで自分とルシル姉さんとの実力差を痛感したようで、黙ったまま動かなくなってしまう。

この絶好の機会をクリフ兄さんが見逃すはずがない。

「隙だらけだ」

「しまっ――」

クリフ兄さんはあっという間に距離を詰めて強烈な一撃を相手の腹部に叩き込んだ。

「ぐふっ⁉」

体が「く」の字に曲がるほどの衝撃を受け、レイノルズ副団長は白目をむいて失神。

「あんたにはまだまだ聞きたいことが山ほどあるからな。それからの処分は騎士団の人たちに任せる」

大臣サイドにとって切り札とも言うべき存在だったレイノルズ副団長が倒されたという事実はあっという間に拡散し、兵士たちの戦意を削ぎ落としていった。

「バ、バカな⁉　レイノルズ副団長があんなガキどもに⁉」

「ゆ、夢でも見ているのか……？」

「ダ、ダメだ！　勝てるわけがねぇ！」

ついにひとりの兵士が戦闘を放棄して逃走を始める。ひとりがそうした行動に出ると、あとはもう連鎖反応のようにひとり、またひとりと駆け出していった。

「な、なにをしている⁉　さっさと戦わんか⁉」

さっきまでの余裕たっぷりな表情はどこへやら。

逃げ出す兵士たちに怒号を浴びせるゾリアン大臣だが、誰にもその叫びは届かない。予想通りというか、本当に人望がないんだな。

まあ、逃げ出した兵士たちも先日仕掛けた魔道具によるトラップによってひとり残らず拘束されるんだけどね。どうやらあちこちでトラップが発動したらしく、兵士たちの悲痛な叫び声が森中にこだましている。

そしてついに――僕たちの前には大臣ただひとりが残された。

「そ、そんな……私の計画が……」

もはや万策尽きたらしいゾリアン大臣は、まるで抜け殻のように力なくその場にへたり込んだ。

「おまえの野望もここまでだ、ゾリアン大臣」

「………」

とうとう大臣はマシアス王子の言葉にも一切反応を示さなくなった。どうやら、本当に観念したようだな。

ルシル姉さんが拘束魔法で大臣の身動きを完全に封じたところで、王子はコホンと咳払いをしてから僕たちの方へと振り返った。

「みんな、ありがとう！　私たちの勝利だ！」

「「「「うおおおおおおおおおおおお！！！！」」」」

一斉に勝ち鬨《どき》をあげる近衛騎士や冒険者たち。

その中にはもちろん、僕たちカールトン一家の声もあった。

そういったわけで、今日は五年に及ぶゾリアン大臣の違法な魔鉱石売買の裏稼業は終わりを告げ、このダゴン地方は新たな道を進む記念すべき日となったのであった。

◇◇◇

それからの話は実にスピーディーなものであった。

大臣たちを捕らえてからすぐに王都へと使者を送り、数時間後には騎士団がほぼ総出でダゴン地方へとやってきた。彼らは当初魔毒による汚染問題を気にかけていたようだったが、マシアス王子からとっくの昔に魔法兵団の手によって解消されたと報告を受けた途端、近いうちに周辺の大規模調査を実施すると約束した。

ここから先は、僕らの専門外だろう。

ザックさんたちは冒険者としての仕事もあるので、騎士団が到着したと同時に入れ替わる形で王都へ帰還する流れとなった。

「とうとうダゴン地方ともお別れか……」

屋敷で帰り支度をする中、僕は今日までの出来事を思い返していた。ここにいたのはわずか数日間だけど、なんだか一年くらいとどまっていたような濃密さだったなぁ。

「バーニー、準備はできましたか？」

胸やけを起こしそうなほど濃い日々を振り返っていたら、ルシル姉さんが呼びに来た。

「馬車の用意はできたそうなので、まもなく出発するそうですよ」

「分かったよ。そういえば、姉さん学園の方は大丈夫なの？」

「問題ありませんよ」

学園の休みを利用して参加したルシル姉さんだけど、もうとっくにお休みは終わっているはず。

当初、姉さんは補習覚悟で残ったらしいけど、どうやら事件解決後にマシアス王子が学園にかけ合ってくれたらしく、お咎めなしの特例措置が取られる運びとなった。学園の先生たちも、王子に言われたら「ＮＯ」と言えないよねぇ。

しかし、……姉さんは今回の件でさらに学園での評価を高めたんじゃないかな。なにせあのレイノルズ副団長とタイマン勝負して勝ったようなものだからね。学園側も知っているだろうし、これは今後が楽しみだ。

ルシル姉さんと一緒に屋敷の外へ出ると、《陽炎》の面々は馬車に荷物を積み込んでいる最中だった。

そんな中、父さんやザックさん、クリフ兄さんにペティさんを含む一部メンバーは騎士団の幹部と思われる人たちとなにやら談笑中。かなりいい雰囲気だ。

「おっ？　噂をすればやってきたか」

ザックさんと目が合った瞬間、「こっちへ来い」と手招きをされる。

噂って……僕のこと？

「な、なにかやらかしたでしょうか？」

「おう。盛大にやってくれたな」

僕の肩をポンポンと叩きながらそう告げるザックさん。

まったく心当たりはなかったけど、父さんからの追加情報で状況を把握する。

「大蛇型モンスターも魔法兵団との戦いも、おまえの魔道具がなければどうなっていたか分からなかったなと話していたんだ」

「あっ、そ、そういう……」

大失態というわけじゃなく、褒められる方向でのやらかしだったのか――ややこしいな、ザックさん。

その後は顔を合わせる騎士たちに称えられまくった。

ロドニオ渓谷の一件で僕を知ってくれている人も多く、「頑張ったなぁ！」と頭を優しく叩かれたり、少々手荒い祝福を受ける。

ひと通り終わると、やってきたのはマシアス王子だった。

「お疲れ様。君には感謝しっぱなしだよ」

「そ、そんな……」

「今度はぜひのんびりと遊びに来てくれ。君たちカールトン一家ならいつでも歓迎するよ」

「っ！　はい！」

最後に王子と握手を交わし、役目を終えた僕らは王都へと帰還した。

一日では語りつくせないほどたくさんの経験をしてきたけど……とりあえず、今は母さんの手料理が食べたいかな。

◇◇◇

ダゴン地方での事件が解決してから二週間が経過した。

あれからすぐに大臣への尋問が始まり、余罪が次々と発覚。

まず、五年前の魔毒事件の際、魔法兵団が詳しく調査した際に未発見の鉱脈を発見し、それを悪用しようとレイノルズ副団長へ持ちかけた。その後、バレないようにストーネ鉱山で人為的に崩落事故を起こし、人を遠ざけることに成功。さらに魔毒を除去して安全が確保されてからも、未だに汚染されていると虚偽の報告をさせてから犯行に及んでいたのだ。

採掘した魔鉱石はただ海外へ売りさばくだけでなく、国内で運用するための新しい魔法兵器を開発していたらしい。

試験体となったのは、僕らがロドニオ渓谷で戦った猿型モンスターや、学園で大暴れをしていた牛型モンスターであった。他にもさまざまな場面で実験を繰り返していたらしく、モンスターによる農作物の被害や襲撃事件の一部に関与していると認めたのだった。

今回の件を受けて、魔法兵団は組織を刷新する方向で議会はまとまった。

それだけでなく、マシアス&ベイカー両王子への暗殺未遂も発覚し、大臣をはじめ今回の件に関わった者すべてが牢獄送りとなったのである。

こうした情報は、国民へ逐一報告された。

ベイカー王子は頼りにしていた右腕の失脚で精神的にダメージを負ったようだが、すぐに立ち直って新しい大臣の選出を始めているとのこと。

ちなみに、マシアス王子はダゴン地方を復活させるべく日夜頑張っているらしい。

先日、ストーネ村の人が父さんの工房を訪れ、魔鉱石の採掘に必要なアイテムづくりを依頼していった際に聞いた情報だ。

「さあ、これから忙しくなるぞ」

新しい顧客ができて、父さんのヤル気は大幅にアップ。

今朝も早くから工房にこもっていろいろと作業をしている。

「ふふふ、張りきっているわね」

「なにせマシアス王子からの依頼だからね」

「怪我をしなければいいけれど――っと、そういえばまだ洗濯を干していなかったわ。手伝って頂戴、バーニー」

「任せてよ」

カールトン家はいつもと変わらない日常を送っていた。

クリフ兄さんは《陽炎》のメンバーとして今日もダンジョン探索に出ている。最近はペティさんとともに新しいステップへ上がったらしく、父さん同様めちゃくちゃ張りきっているとのこと。

一方、学園に戻ったルシル姉さんはダゴン地方での活躍を知った生徒たちに今まで以上の熱視線を送られているという。さらに、熱をあげているのは生徒だけではなく、魔法兵団も同じで、すでに入団してほしいとラブコールが届いたと教えてくれた。

本人は『まだまだ未熟者なんですけどねぇ』と苦笑いを浮かべていたが、元副団長の魔法を消滅させるだけの実力を有しているとなったら、そりゃあ放っておかないだろう。

「バーニー、洗濯篭を持ってきてくれるかしら」

「分かった」

母さんに頼まれて一度家の中へと戻る。

ふと目に留まったのは、壁にかけられた三つの勲章だった。なにを隠そう、今回の件で僕たちきょうだい三人は国王陛下から勲章を授与される栄誉をいただいたのだ。

正直言って、僕としてはマシアス王子や《陽炎》メンバーの方が活躍しているのではないかと感じているので「もらっちゃっていいのかな」と焦ったが、そのマシアス王子やザックさんからの勧めもあって授与式に参加したのだった。

そうした事情があって受け取ったこの勲章だけど、眺めているだけで不思議と笑みがこぼれるし、「やってやろう！」って力が湧いてくるんだよな。

「バーニー？　どうかしたの？」

「あっ、今行くよ」

母さんを待たせてはいけないと洗濯篭を持って外に出たら、父さんが僕を待っていた。

「悪いな、バーニー。洗濯は中止だ」

「えっ？　それってどういう――」

「仕事の依頼だよ」

「し、仕事？」

つまり、【魔道具技師】として初めての仕事依頼？

「依頼人はザックさんだ。さっき工房に《陽炎》の使いが来てな。今度のダンジョン探索で必要なアイテムがあるから作ってほしいとのことだ」

「ぼ、僕にできるかな……」

武器じゃないから、父さんではなく僕に依頼してきたのだろうけど……まだちょっと不安だな。ダゴン地方の時は無我夢中でいろいろと用意していたっていうのもあったけど、こうして冷静に仕事の依頼となるとまた違ったプレッシャーがかかる。

そんな僕に、父さんと母さんは優しく声をかけてくれた。

「大丈夫だ、バーニー。おまえならできる」

「そうよ。あなたならきっと成功するわ」

「父さん……母さん……うん。僕、行ってくるよ」

ふたりの言葉に背中を押してもらい、ようやく決断できた。

「アル！　ギルドへ行くぞ！」

「ぬっ？　お、おう！」

庭で昼寝をしていたアルを起こして背中に乗ると、外へと駆け出していく。

「ギルドへ行ってどうするんだ？　冒険者に転職でもするのか？」

「まさか。依頼があったから行くんだよ」

「依頼？　――【魔道具技師】として、か」

「そういうこと。さあ、急いでくれ」

「任せろ！」

加速するアルの背中から振り落とされないよう、僕はしっかりとしがみつく。

すれ違う人たちに挨拶をしつつ、これからの日々に胸が高鳴っているのをしかと感じた。

みんながそれぞれの道を歩み出したように、僕も今日から【魔道具技師】としての第一歩を踏み出していくのだ。

あとがき

このたびは本作を手に取っていただき、ありがとうございます。

作者の鈴木竜一です。

本作は私にとって第二弾となる書き下ろしの作品ですが、いかがだったでしょうか。

以前、ＷＥＢに投稿している作品と書き下ろし作品では書籍化作業の大変さが違うとあとがきに書いたことがあります。なんとなくお分かりいただけると思いますが、一からすべてを創りあげる書き下ろしの方がずっと難しいんですよね。

というわけで、今回もいっぱいあーでもないこーでもないと悩んで書きあげた作品なのですが、あとがきを書くという作業に取りかかっているということはほぼ完成しているのでホッとしています。

ただ、最近はこのあとがきというのがどうも曲者で……これを書くのがデビュー前に抱いた夢のひとつではあったのですが、回数が増えると内容が思いつかなくなってくるのですよ。

担当さんは「趣味とか執筆の苦労話とか、とにかく好きに書いていいですよ」というスタンスがほとんどなのですが、そういう「なんでもいい」が一番困ったりするんですよね。よく言う「今日何が食べたい？」と尋ねてくる母親（もしくは奥さん）の気持ちです。何でもいいが一番困るタイプですね。

てなわけで、今まさにこれを書いている途中も「一体何を書こうか」と悩んでいるわけですが、思い浮かぶのは書籍化作業のことばかり。

中でもやっぱり主人公バーニーが真っ先に出てきます。いわゆる物作りに特化した力を持っているバーニーですが、彼を書いていて心から「いいなぁ」と羨ましく思っていました。

なぜなら、作者の鈴木は死ぬほど不器用だからです。小学生の時に家庭科でクッションを作ろうとしたら雑巾みたいになり、中学時代の写生大会では、そのあまりにも残念なクオリティにより、美術の先生から「おまえだけ宇宙空間に行ってきたのか？」と厳しい評価を下されるほどでした。そんな少年が大人になって小説を書いているのだから人生どこで何が起こるのか分かりませんね。

では、最後に謝辞を。

担当のMさんには大変お世話になりました。

イラストを担当してくださったｒｉｒｉｔｔｏ先生も、素敵なイラストをありがとうございます。主人公バーニーが可愛すぎてたまりません。

それでは、またお会いしましょう！

鈴《すず》木《き》竜《りゅう》一《いち》

小さな魔道具師の異世界ものづくり生活
～唯一無二のチートジョブで、もふもふ神獣と規格外アイテム発明します～

2023年12月22日　初版第1刷発行

著　者　鈴木竜一

発行人　菊地修一

発行所　スターツ出版株式会社

〒104-0031　東京都中央区京橋1-3-1　八重洲口大栄ビル7F
☎出版マーケティンググループ　03-6202-0386
（ご注文等に関するお問い合わせ）

https://starts-pub.jp/

印刷所　大日本印刷株式会社

ISBN　978-4-8137-9290-1　C0093　Printed in Japan

[鈴木竜一先生へのファンレター宛先]
〒104-0031　東京都中央区京橋1-3-1　八重洲口大栄ビル7F
スターツ出版（株）　書籍編集部気付　鈴木竜一先生